CHARLES DRAPER

Xavier de Moulins est journaliste, présentateur du « 19 h 45 » sur M6 et de l'émission « 66 minutes ». Depuis *Que ton règne vienne*, paru en 2014 aux Éditions J.-C. Lattès, il explore les ressorts et les mécanismes du couple et de la famille dans ce qu'ils ont de plus moderne.

Paru au Livre de Poche :

Tout pour être heureux
Que ton règne vienne

XAVIER DE MOULINS

Charles Draper

ROMAN

JC LATTÈS

ISBN : 978-2-253-07028-3 – 1re publication LGF

À Anaïs

L'amour n'est pas une conclusion.

Jean-Luc GODARD, *Le Mépris*

13 mai 2015

Ciel bleu vantard, mercure déchaîné. Le soleil cogne sur les carreaux de la cuisine, la lumière écrase les yeux, fournaise de mai. La main en visière, Charles Draper ouvre la fenêtre, torse nu. Le saule pleureur au fond du jardin masque la perspective. Il ressemble à un yeti, son vert est jaune, ses branches trempent dans la terre, elles forent les dernières gouttes du cours d'eau. À sec, la nature brûle sous ce printemps étouffant. Dans les champs, l'herbe est déjà cramée. Écrasés par la chaleur matinale, les chevaux cherchent l'ombre à l'abri du bosquet, la gueule mangée par les mouches, ils ont soif. La campagne a un air de garrigue avant l'incendie. Charles Draper est prudent quand il écrase sa cigarette. Il trempe sa tête sous le robinet de l'évier, tire la langue, lape, animal. La main dans les cheveux, il se tourne vers l'imposant réfrigérateur, un modèle américain. De quoi nourrir un régiment.

Ce mois de mai annonce un été canicule.

Charles Draper prépare le petit déjeuner de sa fille. Margaux, l'aînée, a déjà filé. Fleur arrive pieds nus. Index sur la bouche, il lui sonne un clin d'œil complice.

Elle s'assied en silence sur le tabouret blanc. Il s'approche lentement, lui glisse la main dans les cheveux, un baiser dans le cou. Il aime son fin duvet blond, il dégringole de sa nuque, s'évanouit dans la vallée de son dos. Elle flotte dans sa chemise de nuit blanche, ses petits pieds cherchent le froid sur le carrelage.

Il retire l'élastique rouge que sa fille porte à son poignet et, d'un geste sûr, fixe sa tignasse en chignon. Fleur semble encore endormie.

Charles Draper découpe une poire en fines lamelles, rince le couteau sous un jet puissant, taille une moitié de banane, épluche une orange, cherche dans le placard de la cuisine le paquet de muesli. Pas un mot. Il verse le mélange de céréales, plante les fruits tout autour du bol. Il y a son nom peint dessus, calligraphié à main levée, des petits paysans dans leurs vêtements bouffants vous regardent au fond. Chacun a le sien, posé sur l'étagère, accroché par son anse à un arbre de métal. Toute cette faïence empilée s'est accumulée au fil du temps, et personne ne songe à boire dans celui du voisin.

Fleur touille avec sa cuillère. Elle n'est pas du genre appliquée, mais plutôt distraite, le lait qu'il vient de verser dans la mixture encore pâteuse déborde avant de dessiner un nuage blanc sur le bois de la table ronde. Des larmes montent. Charles Draper console son enfant en lui grattouillant le haut du crâne. Elle gigote sur son tabouret. Il se penche vers le placard du bas, cherche le Sopalin, rien n'est franchement à sa place dans cette cuisine, ce matin.

Il attrape l'éponge posée de travers sur le rebord de l'évier et tombe nez à nez avec le rouleau de papier. Il en tire quelques feuilles. La bêtise disparaît. Fleur lui rend grâce d'un sourire édenté, elle a les lèvres pulpeuses de sa mère. Elle lui ressemble tête coupée depuis sa naissance, il y a huit ans. Elles ont en commun cette beauté sidérante. Elle veut sa maman.

— Maman se repose, reprend-il doucement. Elle est encore très fatiguée. Avec cette chaleur, elle n'a pas fermé l'œil de la nuit.

Fleur a envie d'aller aux toilettes. Il l'accompagne sur la pointe des pieds. Dans le couloir, elle serre la main de son père. Elle a peur quand elle passe à côté du grand escalier, celui de la chambre des parents, depuis qu'une nuit des bruits l'ont frôlée. Elle a peur et il la rassure.

Il n'ouvre pas les volets pour garder la fraîcheur. Charles Draper fouille dans le placard des affaires de sa fille, dépose sur son lit sa jupe à volants préférée, son T-shirt corail orné d'un magnifique oiseau-lyre. Il récupère sa paire de sandales en deux temps, l'une est derrière le rideau, la suivante a probablement glissé sous le lit. Il lui sort un gilet au cas où, l'oublie, cherche ses clés de voiture, ferme la porte lentement derrière lui.

Il débarrasse sa fille de son cartable, la glisse à l'arrière et démarre.

Il roule doucement sur le chemin de terre à cause des ornières creusées par les roues des tracteurs, la poussière se soulève sur leur passage, la climatisation rafraîchit vite l'habitacle, son alliance scintille sur le pare-brise, il baisse le pare-soleil pour ne pas être ébloui. Les grands arbres défilent le long de l'allée des marronniers, il rejoint la départementale vers le village. En chemin, Fleur lui propose une devinette. Encore une blague Carambar, il n'écoute pas vraiment son enfant se régaler de son histoire, il est ailleurs. Elle interrompt la charade, s'avance sur son siège. Elle joue à ouvrir et fermer la fenêtre, tend sa main pour sentir le vent. Penchée vers le siège conducteur, elle s'interrompt brusquement devant le silence de son père.

— Papa ? Pourquoi il y a du sang derrière ton oreille ?

I

1

Septembre 2014

Il a desserré sa cravate, s'offre un café à la voiture-bar, cherche en vain à écouter ses deux téléphones, plus de batterie. Avec son ordinateur portable collé contre sa poitrine, il a l'air d'une mère avec un nouveau-né. Il regagne sa place. Charles Draper descend sa tablette, pose son MacBook Pro, appuie sur le bouton marche, un *dong*, la silhouette de Mathilde apparaît en fond d'écran. Ses longs cils sont des lignes de cerfs-volants. Le bleu piscine de son œil magnétique sur sa crinière noire, son chemisier cobalt transparent. L'étoffe bâille, dénude son épaule, déchire son encolure, casse à la veine du cou, embrasse la pointe de ses seins. Charles Draper enlace sa femme sur la photo.

Prise le soir de son anniversaire, cette image a cinq ans. Chaque fois qu'il allume l'ordinateur, l'effet de surprise, les applaudissements effrayants, lui reviennent. Deux, trois secondes, son cœur accélère, tous ces sourires lui donnent chaud tout à coup.

Quarante personnes pour ses quarante ans. Les invités, les chants, les bougies dégainées des poches, le feu, un gâteau de vivants.

Mathilde est le bon génie de leur histoire.

Pour cette soirée, elle voulait que tout soit parfait. Les enfants s'étaient approchés en riant et lui avaient jeté au visage un sac entier de confettis. Des milliers de petits ronds s'étaient éparpillés sur son costume, des pieds à la tête, il avait neigé sur le lauréat.

Une partie des convives avait aligné les kilomètres pour venir jusqu'à Paris le célébrer. Toute cette sollicitude l'avait touché. Charles Draper avait retenu son émotion, construit une digue au milieu de sa gorge. Une main floue lui avait tendu une coupe de champagne, il s'était réfugié un peu dans les bulles, avait tenté en vain de gagner du temps. Mathilde l'avait rejoint au ralenti. La photo avait été prise à ce moment-là.

Aujourd'hui, ses quarante ans ronflent sagement dans un vieux dossier, quelque part dans les entrailles de son disque dur.

Pour immortaliser cette soirée, Mme Draper avait prié les convives d'envoyer une photo d'eux. Il y avait de tout, des portraits, des souvenirs de vacances, des déjeuners de famille, des plages désertes, des arbres de Noël, quelques robes longues, un Photomaton, même la place d'une église à la sortie d'un mariage. Les amis s'étaient fendus d'une légende, quelques mots pour le décrire, coucher un souvenir de lui. Noires, bleues, les encres s'emmêlaient, les adjectifs s'additionnaient. En décalcomanie, Charles Draper apparaissait. À la surface se dessinait un homme bon, un être généreux, tourné vers les siens.

Son cadeau prend désormais la poussière à la campagne, sur la cheminée. Les nuits sans sommeil, il lui arrive encore de le feuilleter.

Les hommes mariés sont émouvants, parfois.

Rat des villes et rat des champs, Charles Draper est un homme d'affaires-TGV. Chaque jeudi, le citadin regagne son terrier par le train de 19 h 13.

Quatre jours par semaine, il accepte de faire une croix sur son confort. Terminé, la double réception de la rue de Vaugirard. Oublié, la cuisine américaine au milieu du salon, les trois chambres, l'espace douche et la salle de bains.

À Paris, il se sent parfois bouseux quand il rejoint son pied-à-terre, studio fonctionnel et sans charme, cité-dortoir. Il préfère veiller tard au bureau, grignote devant son ordinateur, ne dîne que très rarement chez lui. Lorsque cela arrive, il mange debout devant la porte ouverte de son réfrigérateur ou se réchauffe un plat au micro-ondes. Charles Draper sait pourtant très bien cuisiner, le risotto surtout. Mais quand sa famille n'est pas là, il ne sait rien, ça ne l'intéresse pas de se mijoter quoi que ce soit. Il ne rencontre plus trop ses amis parisiens, seulement sa sœur de temps en temps. Parfois, il marche seul dans la nuit, promène un chien invisible, fend la foule sans but à la lumière des lampadaires pour reculer toujours le moment où il va regagner sa niche.

Il aurait pu choisir mieux, plus spacieux, mais il n'a pas osé. Il n'a pas voulu vis-à-vis d'elle, pour Mathilde, il a eu peur de la blesser, qu'elle se sente expédiée au bout du monde, qu'elle s'imagine des choses en son absence, lui reproche ses manières, sa solitude, qu'elle lui en veuille d'avoir gardé Paris pour lui seul.

C'est pourtant Mathilde, cette mise au vert, elle l'origine du dépaysement.

Quand il rentre, sa femme et ses enfants le bichonnent. Quand il repart, il a l'air triste des pensionnaires. Le dimanche, il rejoint sa prison, boule au ventre.

C'est le prix à payer pour les grands espaces, les hennissements des chevaux à l'aube, les couchers de soleil écarlates sur les arbres centenaires, les cris des enfants dans les champs.

Si, à la campagne, sa famille l'espère, en ville, des salariés comptent sur lui. Son entreprise de déménagement fonctionne très bien, ses gars eux aussi traversent la France pour installer des vies, délocaliser des bonheurs.

Son métier, c'est sa fierté. Charles ne s'arrête jamais, même quand il mute à califourchon sur son tracteur, le chef d'entreprise garde près de lui un écran de contrôle. Il suit à la trace les allées et venues des camions, valide les devis, ne tond jamais sa pelouse sans téléphone. Il encourage ou engueule ses troupes à distance, gère chaque problème, anticipe, veille sur ses bénéfices.

Le train entre en gare. Il s'avance lentement sur la moquette grisonnante du couloir avant la ruée des passagers. À cinq minutes de l'arrivée, il est régulièrement le premier derrière la porte automatique. Le nez collé à la vitre, il connaît le bon côté du quai. Il presse le bouton pour activer l'ouverture, regagne le plancher des vaches avec sa valise à roulettes, son linge sale et tous ses dossiers.

Il a beau savoir qu'elle ne sera pas là, il cherche toujours le visage de Mathilde. Un bail qu'elle ne s'est pas déplacée. Au début, elle venait, quatre ou cinq fois, la famille au complet s'est même postée en rang d'oignons pour l'accueillir.

Charles Draper appréciait ces comités, mais il ne les attend plus. Le jeudi, Mathilde est à son cours de théâtre.

Il marche d'un pas pressé en traversant la gare, salue mécaniquement quelques habitués, regagne les escaliers sur le parvis, s'engouffre dans une bouche de béton, ouvre sa Volvo au parking. Il met du temps à sortir sa carte d'abonné du fond du sac, le badge active la barrière. Il s'engage sur la nationale, perdu dans ses pensées, il éprouve la sensation d'être parti trop longtemps.

Des bottes de foin parfaitement alignées, quelques fermes, des bois, et encore des champs où l'on a conservé parfois un arbre seul au milieu.

Il quitte la route pour un chemin de terre dur. Au garde-à-vous, sur la droite, de grands marronniers contrôlent la plaine. Ils forment un paravent en tenue de camouflage. Parfois, à la belle saison, la lumière swingue à travers un vert épais. À certains endroits, elle troue le rideau de feuillage dans un va-et-vient de lasers puissants. Au soleil, les rayons creusent des tunnels jusqu'au sol dans l'échancrure des lourds branchages. Ils transforment les pétioles en gouttières, aveuglent les fleurs blanches, tournent la couleur des feuilles, pour, en transparence, offrir la parfaite symétrie des nervures. On dirait des chemins ou des lignes de la main.

En forme de *Z*, un faisceau doré croque la cartographie du printemps.

De la voiture, l'alignement des marronniers colle un certain vertige.

2

Une pierre jaunie et épaisse, un toit rosé tirant sur le rouge selon la lumière du moment. Grandes ouvertes, les fenêtres d'un pigeonnier en ruine accueillent les visiteurs. Soutenu par un échafaudage, un porche joue les grandes entrées. Il débouche directement sur une cour rincée par les mauvaises herbes, les cailloux et la terre. Un massif d'hortensias rose et blanc a poussé à ses pieds. Le bâtiment principal est mangé par la vigne vierge, la porte coiffée par la glycine, et des rosiers sauvages gardent les deux grandes fenêtres du salon. À l'étage, un plancher branlant, un ballet de poutres en bois, et encore deux chambres, sans compter, dans la poussière, les combles du grenier.

Fenêtres aux carreaux cassés, toiles d'araignées pour rideaux, une étable abandonnée est collée en *L* à la maison. Elle voisine avec un hangar en tôle habité par un tracteur et une tondeuse à gazon. Un chenil au grillage éventré et rouillé ferme le ban.

En face de la maison, mieux qu'un jardin, un champ ; au bout : quelques arbres, un cours d'eau et un saule pleureur.

Mathilde a foncé tête baissée. Quand ils ont arrêté la décision, validé définitivement leur projet, elle n'a pas hésité à tout abandonner derrière elle et a demandé sa mutation. C'était son rêve, ce corps de ferme. C'est son bonheur, les modifications, les travaux interminables, l'absence de vis-à-vis. Elle aime les feux de cheminée, rêve d'acheter des poules, des chats, des paons, un mouton, et pourquoi pas des vaches, elle envisage surtout d'adopter un gros chien pour la protéger le soir. Il se couchera à ses pieds quand elle savourera sur son transat, aux beaux jours, sa divine solitude.

Mathilde ne pense plus au lycée René-Char, à Lambert, Dumont, Fromentrot, Garçia, ses anciens collègues, aux élèves, à l'odeur du café dans la salle des profs, à la vue depuis sa classe sur l'aile ouest de ce gigantesque bahut de verre. La professeur de français a su parfaitement s'adapter à son nouvel environnement. La petite école communale et sa poignée d'enfants l'ont tout de suite acceptée.

À la première visite, elle a su que cet endroit était pour eux. Mathilde a juré à Charles qu'ils y seraient heureux pour toujours, car c'était écrit en lettres invisibles sur les murs. Un peu effrayé par l'ampleur du chantier et ce changement de vie, Charles Draper s'est incliné devant cet air d'enfant roi. Mathilde a eu le premier et le dernier mot.

Une semaine après, chez le notaire, elle n'a pas lâché la main de son mari. En signant les papiers de sa nouvelle propriété, Charles Draper a éprouvé une sorte de vertige, doublé d'un immense bonheur.

La voiture est garée en épi, systématiquement au même endroit.

Ses premiers pas dans la cour lui procurent un plaisir tellurique. Juste avant la porte, il roule toujours sa cravate dans sa poche. Le col ouvert, la chemise sortie de son pantalon de costume, c'est débraillé qu'il entre chez lui.

Les filles terminent leurs devoirs. La baby-sitter range ses affaires. Tout le monde se lève pour l'embrasser.

— Tout s'est bien passé, Sabine ?

— Nickel, monsieur Draper. Margaux s'est même avancée pour lundi.

— Et ma Fleur ?

— Adorable, comme toujours. Je lui ai prêté mon iPad en vous attendant.

— Encore ?

— Mathilde m'a demandé de vous rappeler que vos parents viennent dîner ce soir, elle m'a chargée de vous dire que ça serait bien de ne pas trop traîner d'ici à son retour. Les filles n'ont pas encore pris leur bain, désolée, nous n'avons pas eu le temps.

— Merci, Sabine, je m'en occupe. À la semaine prochaine. Les grenouilles, vous avez entendu ? Au galop.

— On n'est pas des grenouilles.

Fleur court le chercher juste à temps. Charles Draper pose son portable sans raccrocher, le bain a presque débordé. Il coupe l'eau du robinet. Fleur se déshabille.

Souvent, il rajoute de la mousse, ou des sels parfumés qu'il récupère en douce dans le placard de Mathilde. Ce soir, un petit bain tiède, presque froid, est parfait. Il est un peu trop chaud, elle rappelle son père, accroupi. Il est toujours au téléphone. L'appareil, coincé entre le cou et l'épaule, lui déforme le visage.

— C'est trop chaud, papa.

Il actionne le robinet d'eau froide en continuant sa conversation, plonge sa main dans l'eau pour vérifier la température.

— Tête de grimace ! Grosse limace !

Fleur se moque et éclate de rire. Charles Draper, doigt sur sa bouche, exige dans un soufflement lourd le plus grand silence.

— Papa a un coup de fil très important.

Charles retourne à sa conversation. Fleur hurle à nouveau. Il revient, très agacé. Cette fois, il envisage de passer aux choses sérieuses, la répression, une claque sur la main. Son expédition punitive est interrompue par le regard de miel de sa dernière fille. Fleur réclame des jouets pour son bain. Pas les poissons en plastique multicolores remplis de l'eau des bains d'avant, pas la grenouille flottante, les piles sont mortes, ni le Babar en caoutchouc, trop bébé, pas sa dînette non plus, elle a huit ans ! Seulement le Playmobil pirate et surtout, bien sûr, son bateau. Celui que son papa lui a fabriqué.

Charles a raccroché.

— Tiens, le voilà. Je suis juste à côté, je dois rappeler mon bureau.

— Papa, je veux que tu arrêtes de téléphoner tout le temps.

— Tu sais bien que depuis qu'on habite à la campagne, la maison, c'est un peu mon bureau. Alors, je reste à Paris quatre jours et, quand je reviens, je travaille d'ici, donc au téléphone, pour t'acheter des robes, ou des jupes Trucmuche, et en offrir à maman. OK, mon petit chat ?

— OK, mon papa. Maman a dit de se dépêcher.

Charles répond à un nouveau client qu'il n'ira pas plus loin dans la négociation. Un hurlement en provenance de la salle de bains, un cri strident suivi d'une rafale de larmes lourdes, trois reniflements saccadés, un chagrin d'enfant. Elle lui tend les mains. Sans vérifier si elle s'est bien lavée, son père l'attrape en la serrant dans ses bras.

Mathilde n'a pas encore retiré sa veste.

Ses lèvres remuent sous ses yeux concentrés, ses épaules frissonnent, buste droit, front incliné, sa jambe droite grelotte au pied du lavabo.

Elle ouvre le tiroir, sort le sèche-cheveux, branche l'appareil, direct niveau trois. Elle vise son portable qu'elle a sorti de sa poche en tremblant. Elle le sèche comme on réanime un enfant noyé dans la mer, après qu'une vague a emporté son maigre squelette. L'iPhone de Mathilde ouvre un œil, s'éclaire en un *bip* magique. Elle a peut-être renversé du thé sur la machine en corrigeant ses copies à son bureau. Cette hypothèse tient la route. Son thé était sûrement trop chaud. Les thés verts sont très mauvais pour la santé des téléphones portables. D'habitude, Mathilde n'est pas du genre à se débattre avec la technologie.

Elle les découvre assis sur le bord de la baignoire, dépités. Fleur sanglote, elle a cassé le mât du bateau. Ce bateau en bois, Charles Draper avait passé des heures pour en venir à bout. Il avait sculpté chaque pièce, peint minutieusement l'embarcation. Mathilde ne prend pas le temps de s'apitoyer.

— Tes parents arrivent. Faudrait peut-être songer à se remuer.

— Bonsoir, chérie. Bonne journée ?

— On n'a qu'à sortir la nappe beige.

— Fleur, dépêche-toi d'aller enfiler ta chemise de nuit.

— Et mon bateau ?

— On verra plus tard. Dis à ta sœur d'attacher ses cheveux et de venir nous aider à mettre la table.

— Chérie, ça va ?

3

— On a pas mal débroussaillé depuis votre dernière visite. C'est la nouvelle passion de Mathilde.

— C'est sûr qu'il y a encore des travaux avant que tout ne soit parfait, ça va vous demander encore beaucoup de sacrifices, mais au moins, après, vous serez chez vous.

Les mains sur les hanches, la mère de Charles Draper traîne son grand chignon châtain clair dans le couloir et inspecte l'avancée du chantier. Son tailleur-pantalon de tweed devance un peu l'automne, l'été a encore quelques brasses, mais elle a souvent froid. Margaux et Fleur l'encadrent pendant la visite, la plus petite ouvre toutes les portes avec fierté en exécutant une révérence au passage de l'invitée. Les enfants n'écoutent pas le filet de commentaires de leur grand-mère. Depuis qu'elle est descendue de voiture, elle babille sans reprendre sa respiration et juge naturellement toujours tout épatant.

— Et puis, la campagne, c'est formidable pour les enfants. J'aurais tellement aimé que ton père se décide à vendre son maudit pavillon, mais, que veux-tu, Charles, il aime sa banlieue. C'est un sédentaire invétéré, il déteste le changement.

Nappe en lin et couverts en argent, Charles a dressé une table de cérémonie. Pour célébrer ses hôtes, il a sorti un très bon champagne. Père et fils trinquent. Charles Draper lit la fierté et la paix sur les traits fatigués de son père. Malgré les rides épaisses de son front, ses larges sourcils blancs, le creux rougi de ses joues, le vieux pétille devant son garçon. Sans un mot, il lui avoue sa fierté devant l'ampleur de sa vie : sa femme, ses enfants, sa maison, son travail. Le patriarche s'incline en levant sa flûte. Mathilde sourit en silence. Elle passe un tablier blanc et disparaît dans la cuisine. Charles a mijoté son risotto.

— Qu'est-ce qui se passe ?

— Rien.

— Tu fais la gueule ?

— Je suis fatiguée, c'est tout.

La table s'anime, dans le brouhaha, la nuit prend son temps. Dehors, une douceur de velours sous une armée d'étoiles. Un quart de lune quartz cligne plein centre en diadème. L'écho des chiens, à l'opposé des champs, meurt au bord du portail. Dans les lauriers sauvages, un orchestre de batraciens, au hasard d'une promenade digestive, entame sa ballade.

Le chant des crapauds hooligan berce le reste de la cour. À la porte, des papillons aux ailes mouchetées de jaune dansent autour du feu de l'ampoule, le chat blanc revient rôder. Mathilde sort fumer.

Le soir, chez les Draper, on ne ferme jamais les volets.

Charles éteint la lumière. Sa femme s'est déjà retournée.

— Tout va bien, mon amour ?

— Je m'endors.

— Je crois que mes parents ont passé une bonne soirée. Ils t'aiment vraiment beaucoup, tu sais.

4

— Sympa, ton trou à rat, Charles Ingalls. Elle est encore loin, ta petite maison dans la prairie ?

Charlotte Draper est venue passer le week-end chez son petit frère. Elle s'est un peu remplumée depuis la dernière fois, ces trois kilos supplémentaires lui vont plutôt bien. Elle traîne ses dix centimètres de talon sur le quai de la gare. Elle sautille au bras de son frère, un léger bronzage, des taches de rousseur, une robe Eres à petits pois bleu ciel à mi-mollet, une poitrine généreuse, un sac de Parisienne. Pas la peine d'entrer dans les détails pour savoir que cette grande tige, moulée dans une veste en jean près du corps, n'est pas du coin. Ça tombe bien, ça court les quais dans cette petite gare, les filles pas du coin qui mentent facilement sur leur âge, le vendredi soir et le dimanche en fin d'après-midi surtout. Derrière, ses boucles brunes ont poussé, elle les noue désormais en cascade avec une pince en plastique de couleur, sa main sur la nuque chasse constamment les cheveux rebelles. Cette manie lui donne un genre mystérieux, surtout lorsqu'elle croque dans un Tic-Tac au citron, en même temps.

Elle allume une cigarette. Gêné par la fumée, Charles lui rappelle d'un geste de la main que l'odeur du tabac l'incommode.

— J'ai arrêté il y a trois ans, Nellie Oleson !

— Ah, c'est vrai ! Monsieur a une vie saine, maintenant. Monsieur vit à la campagne, Monsieur est proche de la nature. Tu vas chercher le lait à la ferme, mon petit bonhomme bio ?

Elle l'appelle « mon petit bonhomme » depuis ses douze ans. À l'époque, Charles se désespérait de grandir un jour. Matin et soir, il s'enfermait dans la salle de bains pour se mesurer sur la toise. Et Charlotte se moquait.

Charles et Charlotte, le Yin et le Yang, l'extravertie et le solitaire.

Adolescents, chaque été, frère et sœur quittaient leur banlieue. M. et Mme Draper expédiaient leur progéniture en colonie de vacances, au milieu des vaches, dans les plis de la campagne profonde. Là-bas, en juillet et août, un château désœuvré hébergeait une cohorte de petits banlieusards fauchés venus se dégourdir au vert, découvrir la vraie vie à la ferme, le charme des bottes de foin et des piqûres d'ortie. Charles Draper détestait ces longues semaines et le grand air fut longtemps synonyme d'abandon, de pluies épaisses, de coups de cafard. Jusqu'à Mathilde, la simple vue d'un champ de maïs ouvrait chez lui les vannes d'une puissante mélancolie, la seule évocation du dortoir du Château un sentiment de crainte, une ondée de solitude.

Sans Charles, Charlotte aurait pu terminer dans la rue.

L'hiver des dix-sept ans de Charlotte, Charles jouait les guetteurs pour sa sœur. De la porte du salon, il surveillait la chambre des parents pendant que mademoiselle s'évadait. Vers minuit, elle allait se noyer dans les lumières de Paris, au bras d'un apprenti chanteur de rock.

Elle s'était mariée quelques jours après ses vingt-deux ans.

Dix ans plus tard, son mari la quittait et Charles, une nouvelle fois, l'avait prise sous son aile. Aux quatre veines, il lui avait loué un appartement. Remise en selle, Charlotte n'avait jamais oublié la violence, les coups et les scènes de jalousie de son ex-mari. Elle avait arrêté de croire au prince charmant, mais pas forcément au Prozac. Charles pouvait souffler un peu.

— Ça ne t'embête pas, j'ai une course à faire.
— Où ça ?
— Chez le fleuriste.
— Le fleuriste ? Oh, c'est gentil.
— Non, c'est pour Mathilde.
— Monsieur a quelque chose à se faire pardonner.
— Je te raconterai.

5

Clément aussi est un ancien Parisien. Comme les Draper, il s'est installé ici pour changer de vie. À la différence de Charles, Clément, le seul vendeur de fleurs des environs, est veuf.

Laurence et Clément avaient restauré une ancienne métairie située à quatre minutes à peine de chez les Draper.

Les voisins avaient commencé à se fréquenter. Le couple les avait invités pour un café, tout le monde avait admiré la serre que les fleuristes venaient tout juste de terminer. Ils avaient ri en évoquant leur vie passée, comparé pendant des heures la fureur de la ville à la quiétude de la campagne. Comment avaient-ils réussi à supporter le stress ? Comment avaient-ils pu passer si longtemps à côté de l'essentiel verdoyant, loin des animosités ?

Charles, Mathilde, Clément et Laurence. La bande des anciens Parisiens avait le sens des territoires. Le clan se rendait service. Clément prêtait ses outils, aidait Charles et Mathilde à avancer dans leurs travaux. Le dimanche soir, Charles pouvait repartir à Paris l'esprit tranquille, Clément, en cas de problème, n'était pas loin. Parfois, le week-end, les deux couples se rejoignaient pour explorer en VTT les anciennes carrières. Dans la forêt de pins maritimes, à deux pas des sentiers balisés, Laurence connaissait des chemins clandestins. Ils étaient couronnés, selon les saisons, de bouquets de bruyères couleur sang, d'anthémis des champs, de tapis de jacinthes.

Charles et Mathilde aiment les gerbes sauvages de genêts d'or. Ces jaillissements d'imprévus poussent loin de la pollution des hommes.

Ils ont à peine franchi la porte qu'une sonnerie alerte de leur présence. Un œil sur le comptoir, Charles Draper revoit Laurence. La fleuriste cachée derrière ses feuillages touffus, ses branchages grignotés de boules de couleurs. Elle ne coupait jamais les tiges au plus court et enroulait simplement ses poèmes dans un papier kraft.

Autrefois, chaque matin, les habitués du bar PMU Le Pénalty appréciaient le spectacle, l'arrivée de la très-distinguée au volant de sa camionnette sable entièrement gorgée de fleurs.

En hiver, ses camélias osaient les tons dissidents, ses amaryllis se désembourgeoisaient. Elle cassait les codes, dédramatisait les fleurs. Elle était intarissable sur les pensées arc-en-ciel, la résistance éprouvée des giroflées ravenelle, la distinction de l'arum, le charme du pois musqué. À la voir penchée sur ses bottes de freesia blanc, ses clients pouvaient l'écouter pendant des heures. Ses cheveux blonds gainés dans son fourreau tissé, son sécateur orange dans la main, la fleuriste était belle et un peu triste aussi, elle enchantait.

Le jour de l'enterrement, le bourg mais aussi les habitants des environs se sont tous retrouvés dans la petite église pour entourer le jeune père et ses deux garçons.

— Quelle surprise ! Mon ami Charles Draper !
— Salut, Clément.
— Comment vas-tu ? Toujours entre deux trains ?
— Bien. Et toi ?
— Pardon pour la poussière. C'est un peu le foutoir, ici. Mais que veux-tu… Je respire mes fleurs et je m'accroche. C'est loin d'être facile tous les jours, mais je me bats. 20 mai… Déjà quatre mois qu'elle est partie. Tu te rends compte ? Bon, parlons de choses plus gaies. Passez prendre un verre avec Mathilde à l'occasion. Et vous aussi, madame ?
— Ah, pardon, je ne t'ai pas présenté ma sœur Charlotte.
— Enchanté, mademoiselle.
— Enchantée.
— Bon, les fleurs, c'est pour qui ? Répondez, sinon je vous mets des chrysanthèmes. Je plaisante.
— C'est pour Mathilde.
— Une réconciliation.
— Charlotte ! Ça va, là.
— Dans ce cas, des lys ou des dahlias peuvent aider. Blancs ou mauves ?
— De quoi, les lys ?
— Non, les dahlias !

Charles et Charlotte ont posé les fleurs à l'horizontale sur la banquette arrière. Charles se pose souvent la question, que serait-il devenu si le destin avait choisi d'emporter Mathilde ? Lui serait-il possible de vivre sans elle ? Il apporte toujours la même réponse : jamais de la vie. Il bénit le ciel que la fatalité se soit abattue sur un autre.

Charlotte trouve beaucoup de charme à Clément.

— Tu sais, moi, ton veuf, j'en ferais bien mon affaire.

— Charlotte !

— Je plaisante, petit bonhomme, je plaisante. C'est atroce de perdre sa femme si jeune. Elle était jolie ?

— Très.

— Et sinon ? Elle était comment ?

— J'espère que les fleurs vont lui plaire.

— Mais oui. C'est quoi ton problème avec Mathilde ?

— Je la trouve loin.

— Pourquoi ?

— Je ne sais pas. J'ai le sentiment qu'elle s'éloigne.

— Depuis longtemps ?

— Depuis des mois.

— Qu'est-ce que tu as encore inventé, Charles ? Tu crois qu'elle a quelqu'un ?

— Comment ça, quelqu'un ?

— Ben, tu sais, un autre homme dans sa vie.

6

C'est un week-end ensoleillé. Charles et Charlotte, pareil au bon vieux temps de l'enfance en colonie, passent deux jours à se promener dans les bois, refont le monde sur des chaises de jardin, aspergent les enfants au tuyau d'arrosage.

Le dimanche, un pique-nique au bord de l'étang est organisé. Mathilde est partie tôt au marché. À son retour, ils sont installés devant un café et devisent derrière une rangée de pots de confitures. La maison se met en route en début d'après-midi. Fleur et Margaux jouent à essayer de pousser leur tante dans l'eau. Charlotte et Mathilde échappent quelques fous rires.

Le clan Draper reste un long moment allongé sur une couverture à tenir compagnie aux canards. Une flotte de poules d'eau strie l'horizon. Charles évoque les silures de l'étang. Des poissons de la taille d'un chien chassent les plumes des embarcations de cols-verts, les enfants ont les poils des bras hérissés, sa sœur aussi, tout le monde gobe la légende d'une écaille carnivore. Personne n'ose plus s'approcher du bord, l'eau croque des formes aux gueules de poissons mangeurs d'hommes. La famille profite du calme de la chaleur estivale pour bronzer entre les roseaux.

Le soleil pique son dard sans faiblir, il redescendra d'un coup sec sous les paupières de la forêt et éclaboussera l'étang à la manière d'une trombe d'eau. C'est déjà l'heure pour Charlotte de regagner Paris.

Elle l'enlace, son frère, devant la gare. Ces deux jours dans sa cambrousse lui ont redonné le sourire et le feu aux joues. Ça lui brûle les lèvres, alors elle fonce.

Est-il heureux de sa nouvelle vie ?

Charlotte le sait parfaitement : son frère a accepté cette mise au vert uniquement pour le bonheur de sa femme. Sans elle, il n'aurait jamais quitté la rue de Vaugirard. C'est beaucoup, toute cette verdure, même à mi-temps. Et ce calme étourdissant aux allures de cauchemar d'enfance, ces allers-retours en train, tout l'argent dépensé pour cette ruine.

Charlotte tente des aveux. Mais Charles s'acharne à ne pas comprendre. En rigolant, elle lui rappelle sa sainte horreur des ronds-points, son aversion pour les villages fantômes, les commerces déserts, les centres commerciaux entassés au fond de zones industrielles sinistres, là où tout se ressemble et s'uniformise.

Et quoi encore ?

Des vaches, toujours des vaches, des tiques et des chasseurs bourrés. Cette paix de pacotille que l'on se raconte. Son amour pour Paris.

Elle change de sujet.

— Ne t'inquiète pas pour Mathilde. Tout va s'arranger.

— Je ne m'inquiète pas.
— Un peu quand même.
— Les joies du mariage. Tu sais ce que c'est.
— Non merci, c'est bon, j'ai donné.

Sur le quai, Charles Draper préfère garder le silence. Charlotte la grande gueule se marre de toutes ses cicatrices. Elle se marre, et elle lui parle de sacrifices.

— Arrête un peu de lui courir après. Ça lui passera. Le mystère féminin. Cesse de la regarder façon septième merveille du monde, même si c'est la septième merveille du monde et qu'elle est formidable. Allez, je t'aime, mon petit Charles Ingalls. Profite bien de ton coin de paradis, c'est vraiment d'enfer.

7

Mathilde avait fait le premier pas à la sortie du lycée, peu de temps avant les révisions de leur bac français. Le serveur du Diego avait ramené deux Monaco, elle avait forcé sa bouche avec le bout de sa langue framboise. Charles Draper s'était abandonné.

Ses grains de beauté dans ses robes légères, la joie en ponctuation, peur de rien, la vie devant. Elle vivait dans un grand appartement parisien, où ses parents recevaient. Chez les Draper, on ne roulait pas sur l'or. Charles n'invitait que très rarement ses copains chez lui, il avait honte, un peu, de ses origines. Elle lui plaisait, il la rassurait. Elle lui avouait ses prières mots d'amour. Ses oreilles rougissaient, il bafouillait ou lui écrivait des mots sûrs. Les promesses de Charles caressaient Mathilde et rendaient ses seins durs. Elle avait peur, au fond, oui, du haut de sa jeunesse insouciante, elle s'inquiétait facilement, surtout les jours gris. Elle cueillait les certitudes dont elle avait besoin sur les épaules du jeune homme, son grand soleil un jour de pluie.

Leur chemin s'est arrêté net au lendemain du bac. Il a perdu sa trace à la fin d'un mois d'août. Mathilde s'est volatilisée en un claquement de doigts, télétransportée par son père, direction les États-Unis.

On a tendance à l'oublier mais, avant l'arrivée de l'électricité numérique, les gens n'avaient rien à part leur foi pour s'adorer à distance, pas de Skype pour conserver la mémoire, pas de wi-fi pour s'avouer gratuitement, un fil de téléphone hors de prix, des pièces englouties dans des cabines téléphoniques carnivores, le décalage horaire pour pleurer.

Leur lien s'est brisé la veille de ses dix-neuf ans. Il en est resté sur le flanc de ses silences, et a continué malgré tout à l'espérer. Le museau collé à la fenêtre de sa chambre, perdu dans le pavillon sans âme de ses parents, il lui parlait, écrasé par la skyline de quelques cartes postales punaisées sur le mur de sa chambre d'enfant. Il a laissé tomber quatre hivers. Elle a refait surface dans la grotte miraculeuse d'une rame de métro.

Mathilde s'est posée à ses côtés tel un papillon, la main d'un autre sur son épaule. Il a salué son premier amour, elle lui a présenté le grand Américain. Les deux touristes sont descendus cinq stations plus tard. Avant de s'évanouir une nouvelle fois sur le quai, elle lui a dicté son adresse électronique. Le progrès, lui, au moins, avançait.

Charles n'a pas eu le courage de se remettre à la manœuvre, il a préféré s'assoupir dans les bras maigres d'autres nids. Parfois, la nuit, Mathilde revenait, il avait froid.

Dix ans plus tard, le destin, un grand magasin Darty le lendemain de Noël. La place de la Madeleine, son église et ses décorations. Bonnets, écharpes et père Noël, l'entre-deux-tours des vacances. L'insouciance à l'heure des résolutions ne prépare pas à ce 26 décembre 2004. Les clients s'agglutinent autour des écrans du rayon téléviseurs. Sur les plasmas, des images d'apocalypse, la fin du monde. Labourées par la catastrophe, les plages paradisiaques ne sont plus que des cimetières géants. Des bateaux ont servi d'obus et défoncé des habitations, des maisons ont explosé sous le choc, des bus ont été projetés par le torrent de boue, des hôtels entiers se sont effondrés sous l'impact de l'eau. Des blocs de béton éventrent des palmiers en lambeaux. Rendus par la mer après la bataille, des corps meurtris et méconnaissables flottent le long du rivage. Les mines défaites des reporters reconstituent le puzzle. L'insouciance et la joie des familles au petit matin, le ciel de Thaïlande et du Sri Lanka. Les premiers rires des enfants sur la plage devant les caméscopes de leurs parents heureux. Et soudainement, la mer qui fout le camp sous les airs médusés des touristes. Un départ pour mieux revenir, sale et rugissante, démente, un immeuble de dix étages et, sur son passage, tout recouvrir, détruire, arracher et tuer.

Le mot tsunami, jusqu'ici peu connu, était ce matin de décembre 2004 sur toutes les lèvres. La silhouette, la dégaine, les cheveux en bataille, Mathilde le reconnut sans une hésitation. Elle se dirigea vers lui, émue.

Il écoutait les premiers témoignages des survivants, à moitié nus au milieu des décombres. Ils évoquaient l'horreur absolue, les hurlements de la faune. Sur les images, civils et militaires aidaient à ramasser les morts.

Encore une fois, elle posa sa main sur son épaule. Il se retourna. Il y avait plus romantique pour des retrouvailles que le rayon télé d'un magasin Darty un jour de fin du monde, mais ce jour-là, justement, fut celui de leur recommencement. Une renaissance sur un tas de cendres, une ode à la vie coûte que coûte. Trois semaines plus tard, loin des hurlements de la nature déchaînée, la paille d'un mojito coincée entre les dents, Charles et Mathilde se jurèrent de ne plus jamais se séparer, de commencer, enfin, la suite de leur histoire. Alors, ils se mirent à courir.

8

26 décembre 2014

Ils rentrent tout juste de leur réveillon. Cette année, ils ont passé Noël chez les parents de Charles avec Charlotte.

Quarante-huit heures, pas plus. Le temps de déboucher quelques bonnes bouteilles, de déballer les cadeaux, d'engloutir le chapon.

Charles Draper n'est pas remonté tout de suite, il est resté un jour de plus à Paris, bloqué par un problème à Orléans. Un foutu camion.

Mathilde a rapatrié les filles en voiture. Elle a horreur de conduire seule sur l'autoroute, les jours de pluie, c'est pire que tout.

Elle n'a jamais trouvé l'antibrouillard, s'est un peu agacée, a refusé d'appeler son mari sur la route pour ne pas l'inquiéter. Elles ont déjeuné dans une station-service, un hachis parmentier, des steak-frites pour les enfants.

Mathilde a gardé ses nerfs, appliqué un œil dans le rétroviseur. Fleur a finalement vomi sur la banquette arrière. Il y a encore des morceaux de frites sur le tableau de bord, et toujours une odeur de petit rat crevé.

Charles l'a appelée deux fois sur le trajet. Il a envoyé deux SMS pour lui rappeler de ne pas téléphoner au volant. Dans un troisième message, il lui a écrit qu'il l'aimait.

À leur arrivée, la maison était froide, aucune bûche dans le coffre du vestibule. Mathilde a ramassé du petit bois, elle s'est débrouillée avec la cheminée, elle s'en sort toujours avec les allumettes.

Charles a tenté de la joindre sur le téléphone fixe, abandonné une voix inquiète sur le répondeur. Elle a attendu quatre appels avant de se résoudre à décrocher. Il est revenu sur l'organisation de leur soirée. Il a bien proposé de cuisiner son fameux risotto, de l'accompagner d'une tarte aux myrtilles que les filles auraient terminée le lendemain. Mathilde lui a suggéré de ne pas se torturer avec la commémoration. Cette année, elle trouvait plus pratique de célébrer leur 26 décembre au restaurant. Charles a tiqué sur le mot « pratique ». Mais il n'a pas relevé. Il a entendu que sa femme n'avait pas envie de s'éterniser sur le sujet.

En raccrochant, il a jugé qu'elle n'y mettait pas du sien, un peu intrigué par cette mémoire courte. Décembre 2004, ce n'est pas si loin. Dix ans, une bagatelle.

Résignée, Mathilde a composé le numéro du restaurant pour exiger une table au coin de la cheminée.

Charles Draper tient aux détails romantiques en toutes circonstances. C'est son affaire, le grand amour.

Charles pianote sur la main de Mathilde, elle se concentre sur le menu en tortillant une mèche de cheveux. Elle n'a pas faim, elle a chaud. Le bois crépite dans l'immense cheminée de pierre, des flammes s'élèvent des bûches de noyer.

Depuis le début des vacances, elle est obnubilée par son cours de théâtre. Tous les mardis soir jusqu'à 22 heures et le jeudi jusqu'à 20 h 30, elle enfourche sa bicyclette, direction la salle des fêtes. C'est là que, chaque année, fin juin, la troupe présente sa pièce au village.

Traditionnellement, la représentation attire pas mal de curieux. Cette année, c'est *Phèdre*, une version écourtée, accompagnée d'une musique moderne en tableaux. Le cours reprend après les fêtes, Mathilde a intérêt à s'y mettre si elle ne veut pas décevoir son professeur. Thierry a trente-six ans, un faux air de Gérard Philipe. Ce n'est pas pour cette ressemblance qu'elle vibre, mais pour sa manière de l'encourager. Thierry croit en son potentiel. Il refuse de la ménager, il attend beaucoup d'elle avec cette célèbre scène, la sixième de l'acte IV. La jalousie pleins feux, à des années-lumière de son tempérament.

La professeure ne plaisante pas avec les devoirs. Elle égraine ses journées avec sa fichue tirade à la main. Quand elle ne tient pas son texte, elle le glisse de la poche arrière de son jean. Le papier est froissé, sa motivation intacte.

Sur la route du restaurant, elle a répété le début plusieurs fois dans sa tête.

Ah ! douleur non encore éprouvée !
À quel nouveau tourment je me suis réservée !
Tout ce que j'ai souffert, mes craintes, mes transports,
La fureur de mes feux, l'horreur de mes remords,
Et d'un cruel refus l'insupportable injure,
N'était qu'un faible essai du tourment que j'endure.
Ils s'aiment ! Par quel charme ont-ils trompé mes yeux ?

Pour elle, ce soir, un bouillon de poule et un verre de chardonnay auraient parfaitement rempli la mission.

Un silence s'installe entre eux.

Il joue toujours du piano sur le dos de sa main.

Elle a choisi.

Elle s'est décidée pour des Saint-Jacques à la plancha. Elle a sa moue frondeuse sur son pull marine à crochet. Elle le sait, elle est irrésistible. Ils trinquent enfin.

Dehors, il tombe de gros flocons.

La main dans la poche de son jean, il cherche de quoi arrondir le pourboire.

Il décale la table du restaurant pour libérer Mathilde. Il l'aide à enfiler son manteau. Elle tend ce bras aveugle qu'il conduit vers la manche. Il en profite pour se goinfrer dans sa nuque. Elle se retourne en un merci. Ils ont de nouveau l'allure des premiers rendez-vous. La commémoration s'achève, il lui signe un baiser volé, elle lui offre son front. Il l'escorte jusqu'à la sortie, deux pas derrière précisément.

Elle interroge son téléphone sur le perron du restaurant. Charles la questionne en levant les sourcils. Elle tourne le dos en un sourire.

Il part l'attendre dans la voiture. Deux longues minutes. Elle pose son portable sur la plage avant. Charles note qu'elle a changé son fond d'écran. *Exit* le cliché où il l'encerclait dans ses bras. Elle avait pourtant l'air heureuse. La photo des débuts a été remplacée par une image des filles, Margaux et Fleur pleines dents dans la vie. De son côté, Charles n'a touché à rien. Il a conservé son fond d'écran, Mathilde et lui, pieds nus sur la plage en noir et blanc. Il a tiré cette photo en grand avant de l'encadrer. Elle trône depuis dix ans en bonne place au-dessus de son bureau et veille, bonne étoile.

9

31 décembre 2014

Vers 16 heures, Mathilde s'est sentie fatiguée. Ils ont annulé leur réveillon au dernier moment. Les filles ont sauté de joie. Les Draper ont allumé la télévision en attendant minuit. La famille s'est embrassée. Fleur et Margaux ont filé dans leur chambre.

Deux corps emmêlés sur la banquise. Ils font l'amour en apesanteur. Il est sur elle, en elle. Lumière éteinte. La lune fend, dispose son modeste éclairage de demi-croissant mou dissimulé par les nuages, mais ça passe. Une fine lumière berce l'embarcation du duo. Encastré, il lui dégage pieusement les cheveux vers l'arrière, cale bien ses mains sous son occiput. Elle glisse le long de ses bras, encercle ses poignets. Il lui parle, elle lui répond par un silence effrayant, les yeux remplis de larmes bien ouverts dans les siens. L'odeur de leurs draps soulevés est un mélange équitable de leurs deux parfums. Cuir, épices et fraîcheur d'agrumes contre bergamote et vapeur de vanille.

Ils s'engagent de toutes leurs forces, s'offrent dans un ultime assaut.

Ils sont beaux.

Ils se jaugent après la bataille, comblés dans leur petite mort. Ils se blottissent au bord de leur forteresse, observent par le hublot la galaxie de leur stupeur s'effacer.

Il la précède dans le sommeil. Tombe narcoleptique sur sa proie. Elle le fixe.

Il la cherche en tâtonnant, la place est froide. Mathilde s'est évaporée. Elle n'est pas loin. Il tend la tête dans l'encadrement de la porte. Elle tapote sur le clavier de son téléphone.

Autrefois, après l'amour, on fumait une cigarette ; aujourd'hui, on allume son portable. On dirait que Mathilde a un nouveau message.

Elle n'a pas l'air surprise quand elle le renifle derrière elle.

— Tu ne dors pas ?

— Non, et toi ?

— Va te recoucher.

— Qu'est-ce que tu fabriques avec ton téléphone ?

— Je termine un texto.

— Un texto, à cette heure-ci ?

— C'est le principe des SMS, il n'y a pas d'heure pour les envoyer.

— Mais à qui écris-tu ?

— À ma mère.

— À ta mère ?

— Je lui souhaite une bonne année.

*

Dans le reflet d'un miroir, Charles juge qu'il a grossi. Il a soudainement l'impression que son ventre s'est gonflé d'un coup sec. Bras, cuisses, dos. Son corps s'affaisse, ses muscles se raréfient. Il ne l'avait jamais réalisé avant. Pourquoi maintenant ? Pourquoi ce soir ? Triceps, cou, ventre devant et sur les côtés, d'où qu'il touche, sa chair se ramollit, flapie de partout, de la poitrine jusqu'au derrière. Il est un peu en caoutchouc, mais un caoutchouc mou, un caoutchouc las aussi gonflé qu'un sac-poubelle à ras bord. Ventripotent, il estime qu'il ressemble à du mou, du mou gras non identifié, à de la chair blanche avariée, un mauvais cadavre dont même un charognard ne voudrait pas. L'ampleur du constat le rend triste et pâle. Il tente un peu de positiver, renonce. Il ne s'est jamais trouvé beau, mais là, c'est un choc. Il tire encore sur ses joues, la main sur sa bouche descend dans la broussaille de sa barbe naissante et grisonnante. Paupières lourdes, double menton, cou disgracieux, chiffon et flottant. Mal dans sa peau, le dégoût lui flanque la nausée. Il retourne se coucher en rentrant sa bedaine, tête basse.

Mathilde, elle n'a pas bougé d'un iota. Il tient le début d'une explication. Voilà certainement un bon motif d'éloignement. Il la répugne.

10

1er janvier 2015

Une paire de couettes sur un blouson kaki. Elle est emmitouflée à cause du froid, elle a les bouts des pieds gelés malgré les grosses chaussettes qu'elle a remontées sur ses bottes. Elle rit pour se réchauffer. Fleur s'amuse à tirer sur les rênes du poney de sa grande sœur. Margaux a rentré sa queue-de-cheval sous son casque. Elle est furieuse. Elle crie, sa voix se perd dans l'indifférence de la forêt. Les poneys ne prêtent pas plus d'attention à leurs simagrées et, s'ils pressent le pas subitement, c'est parce qu'ils ont repéré de hautes herbes sèches au milieu des chardons. Ils flairent entre les pommes de pin, se ruent sur leur pitance à grands coups d'encolure au pied d'un vieux poteau dévoré par le lierre.

Le tour de l'étang est un rituel.

Mathilde lui a mis le pied à l'étrier, Charles a tout de suite mordu, à cause de l'instinct nécessaire, et d'un sacré bon centre de gravité.

Le pré d'à côté était à vendre avec la maison. Un matin, les filles ont entendu hennir dans le jardin. Deux boules de poils broutaient, crinière au vent. Derrière, deux selles français patientaient. L'alezan pour lui, la grise pommelée pour elle.

La cavalerie pour toute la famille, c'était son rêve de gamine. Charles a monté un abri de fortune pour tout ce petit monde. Chez les Draper, les chevaux couchent dehors.

— J'ai grossi ?

— Pardon ?

— Est-ce que tu trouves que j'ai grossi ?

— Tu sais, Charles, tu vieillis, c'est la vie.

— Ça ne t'embête pas, je veux dire, ça ne te gêne pas ?

— Enfin, de quoi parles-tu ?

— Je sais pas, quand nous faisons l'amour.

— Mais qu'est-ce que tu racontes ?

— J'ai peur de ne plus te plaire.

— Arrête, Charles.

— Mais qu'est-ce que tu as ? Tu n'es plus la même. Tu es loin, très loin. C'est à cause de moi ? Je vais me mettre au régime.

— Tu ferais mieux de te mettre au sport. Regarde Clément.

— Clément ? Le fleuriste ?

— Clément court tous les matins autour de l'étang. Et regarde le résultat. Il a quarante-cinq ans, lui aussi.

— Et comment tu sais ça, toi ?

— Je le vois passer devant la maison, dans sa tenue de jogging. Il a l'air d'aller mieux.

II

11

Nuit blanche, pensées sombres. Charles Draper a retourné sa couette dans tous les sens. Il a ressassé sa conversation de l'après-midi sur le chemin de l'étang. Il a réécrit les dialogues, déformé les propos de Mathilde, tordu le cou à sa respiration, remixé chacune de ses intonations.

Dans le fumet de la nuit, tout était clair. Mathilde dissimulait derrière son rictus. En réalité, elle grommelait. Son détachement feint sur ses kilos visait à mieux l'enfoncer.

Sa réflexion surlignait sa décrépitude. Elle lui en voulait d'être devenu cet homme-là, ce garçon en route vers le déclin. Elle s'éloignait. Elle lui adressait un avertissement. Si rien ne bouge, Charles, si rien ne bouge… Alors, tu verras.

Le sommeil fut mauvais conseiller. Au creux de cette nuit sans lune, leur dernière conversation poursuivit son travail de sape.

Et cette histoire de corps devint tout un monde.

Charles rêva la bouche ouverte. Sa respiration dit sa nervosité. Entre deux ronflements et un filet de bave, Clément le fleuriste enchaînait les tours de l'étang. Moulé dans son fuseau noir, gainé dans son maillot fluo en fibre technique innovante, des chaussures de course dernier cri au bout des pieds. Il courait, Forrest, dans la forêt, et surtout il accélérait, terriblement impressionnant dans l'effort tant chaque mouvement racontait la légèreté.

Mais pourquoi diable Clément se donnait-il tant de mal à tourner autour du plan d'eau ? Pour retrouver le goût de la vie ? Ou pour découvrir le goût de Mathilde ?

Dans son cauchemar, c'était plutôt très précis, ce détail. Clément le veuf était un très beau garçon. Il avait le même âge que Charles Draper mais, dans l'obscurité de son inconscient, Charles ne souffrait pas la comparaison. On lui donnait facilement sept ans de plus. Dans son rêve, à côté du fleuriste aux quadriceps dessinés à la craie, Charles avait l'air d'un vieillard chiffonné.

Il aggrava son cas. Tenue de sport d'arrière-garde, short démodé, gros godillots à lacets, Charles Draper avait tout du soldat vaincu. À la ramasse, il soufflait, le buffle. Pour ne pas rajouter à l'humiliation de la défaite, la honte de la correction, il déposa les armes à genoux, les deux mains sur son abdomen plié.

Hors de question d'abandonner, pour l'humilier davantage, Clément continua sa course. Le guépard, une rose entre les dents, n'avait pas besoin de rentrer son bide, pas de brioche sur les extérieurs, des obliques au poil, un buste droit en *V* vers de larges épaules en trapèze. Il améliorait à chaque passage son chrono, sa foulée souple, jambes galbées. La microfibre moulait parfaitement ses biceps et ses pectoraux.

Le veuf éploré défiait les fenêtres de la cuisine des Draper en tenant bien droit son visage. Il savait que Mathilde ne raterait ce spectacle pour rien au monde. Il devinait qu'elle se tenait au premier rang de sa loge présidentielle, mourant d'envie de le rejoindre dans la course, ses deux billes bleues aux abois.

Ses cheveux noirs, son front large, ses pommettes hautes, ce regard lagon, un teint de porcelaine. Mathilde et ses lèvres ourlées, boudeuses ou gourmandes selon le temps de ses humeurs, une bouche à bouffer l'Amérique. Sa petite fossette au menton, décidée et fière. Tout dans son corps ascétique indique la vigueur, une force intérieure. À tout juste quarante-cinq ans, le monde lui soustrait les années sans effort. Sa silhouette frêle ne trompe personne. Quand on s'approche de Mme Draper, on irradie, à l'abri de son œil perçant, elle vous met au défi. Aucun déchet, ses gestes sont des mots simples et précis. Sa voix légèrement basse, parfois rauque, contraste, casse avec aisance l'harmonie pour déposer tout un charme.

Mme Draper conjugue le corps et l'esprit. Elle s'y consacre, lui offre un peu de son temps. Leçons de zumba à la salle des fêtes, abdos-fessiers appliqués du matin, yoga, longues marches dans la campagne, trois séances de footing hebdomadaires, au minimum. Alors, forcément, ce spectacle la réjouit.

Quand il pivota les deltoïdes dans sa direction, elle piqua un fard. Écarlate. Pour seule défense, elle porta à ses lèvres son mug à son nom, baissa légèrement le menton et souffla sur son thé.

Dans son rêve, Charles Draper tourna le dos au champ de bataille. Il partit se réfugier au bord de l'étang. Un brouillard épais camouflait la nature, seuls quelques roseaux décharnés sortaient des feuillages. Il s'agenouilla sur un tapis de lichen, autour, des champignons jaunâtres l'encerclaient. Alerté par sa présence, un corbeau rouge sang s'envola. Un nuage de feuilles mortes tomba sur ses maigres épaules, une nuée de cols-verts détala. Le froid, la peur, Charles Draper s'immobilisa. La forêt se refermait sur lui à toute allure.

Mathilde vengeait des millions de femmes. Dans sa nuit, Charles Draper comprenait qu'elles n'étaient pas les seules à vivre dans l'obsession d'un corps sans faute. Elles aussi avaient des yeux pour apprécier la beauté du monde.

12

Mathilde est encore en chemise de nuit. Elle cherche à savoir s'il a bien dormi. Dans une odeur de toast grillé, elle l'interroge en lui tendant une tartine beurrée. Il la repousse d'un geste sec.

— Quelque chose ne va pas, Charles ?

— Tu as raison, je vais me mettre au sport et au régime.

— Pardon ? Mais de quoi parles-tu ?

— Tu m'as dit que j'avais grossi.

— Charles, tu racontes n'importe quoi.

— Je vais m'inscrire dans un club de sport. Ça tombe bien, l'année commence. Nouvel an, nouvelle peau.

— Ben voyons.

— Et tu verras, dans quelques semaines, si je ne suis pas capable de tourner autour de l'étang aussi vite que ton fleuriste.

— Clément ? Qu'est-ce que Clément vient fabriquer là-dedans ?

— Tu sais très bien.

13

Sa nuit fume encore dans sa tête. Son train a vingt minutes de retard, lui, un bon quart d'heure d'avance. Charles Draper est immédiatement attiré par l'affichette. Un bellâtre à la mode, émail neiges éternelles, expose ses canines parfaites devant l'objectif. Chemise ouverte, il exhibe un buste d'acier découpé en deux par une ligne de muscles taillée en tablette de chocolat. Le mâle trentenaire provoque le chaland et renvoie Charles à son mauvais rêve, la réalité de son triste reflet.

Il rentre le ventre. Incognito dans le kiosque à journaux, il erre entre les magazines, prend et repose des titres consacrés à la voile, des hors-séries sur le golf, des suppléments sous plastique sur le jardinage.

L'exemplaire lui tend les bras, il ne le choisit pas tout de suite. D'abord un sentiment de honte, ensuite une sueur froide. Poussé par sa curiosité, il se résigne, attrape dans la pile un exemplaire assez épais du numéro 49 de *L'Homme parfait*.

Bouffée de chaleur.

Il cherche sa monnaie en direction de la caisse.

Prix de sa curiosité, trois euros quatre-vingt-dix.

Il feuillette le papier glacé sur le quai. En gras, les gros titres lui claquent au visage. Ils promettent de « revenir plus fort après la blessure », de « dépasser la douleur », garantissent « huit semaines pour tuer ses complexes ».

La presse spécialisée sur le bien-être des hommes consacre des dossiers entiers à des sujets palpitants. On découvre sur deux pages le secret pour se forger des abdos en titane, ou convertir sa serviette de plage en haltère pour gonfler dans sa salle de bains. Charles n'y avait pas forcément songé auparavant, les garçons aussi souffrent pour être beaux.

Absorbé par sa lecture, il boude le défilé à toute allure des paysages, le régiment d'éoliennes annonce l'arrivée vers la ville.

Sa traversée au pays de la culture fitness dessine de nouveaux horizons. Il apprend une nouvelle cartographie, les régions s'appellent fentes, flexions latérales, pompes, tirage à un bras. La nouvelle édition du « programme Spartacus » lui promet la grande évasion. Un test lui suggère de se découvrir et ose la question : penche-t-il du côté de l'échelle démentielle ou des séries brûlantes ? Bien sûr, il ne pipe rien.

Ne pas sauter les étapes.

Trois pages avant l'arrêt du train, *L'Homme parfait* l'invite à un défi. Sa mission, évaluer son niveau d'endurance. L'énoncé du problème est, pour une fois, pas très compliqué, courir aussi vite que possible pendant douze minutes, puis calculer la distance parcourue. En fonction de son résultat, il pourra juger sur pièce de sa forme. Depuis ses quarante-cinq printemps, il a sauté de catégorie. Charles Draper vient de basculer dans l'avant-dernière case, le pays des 45-50. Sur le tableau de la performance, la vie s'arrête à cinquante-neuf ans, ensuite, *nada*, les hommes ne sont plus répertoriés.

— Plus que quatorze ans à tirer avant d'avoir la paix du ventre, se dit-il.

En attendant de descendre, il continue de feuilleter et stoppe sur le vibhava yoga. L'auteur de l'article est formel, la méthode est plus accessible et adaptée aux besoins de l'homme urbain.

Dans le métro, il repense à son rêve. Au fleuriste, à sa tenue près du corps, à l'attitude de Mathilde depuis ces longues semaines, son air pincé devant le constat de son effondrement. Charles hausse les épaules, excédé.

Il se récite le mantra.

— C'est vraiment n'importe quoi, tout ce cirque.

D'abord, il n'est pas gros, Mathilde ment. C'est curieux, quand même. Ça ne lui ressemble pas. D'où vient cette nouvelle manie qu'elle a de lui raconter des histoires ? Au milieu de la foule du métro, il se tient à la barre poisseuse. Quand il croise les passagers, il contracte son ventre à nouveau. Il n'arrête pas d'y penser. S'il a vraiment grossi, pourquoi Mathilde ne lui a-t-elle pas dit plus tôt la vérité ? Pourquoi a-t-elle mis si longtemps ? Charles ne supporte pas les cachotteries. Il appartient à la catégorie des hommes droits. Lui, d'ailleurs, il en est persuadé, ne raconte jamais d'histoires à sa femme. Depuis toutes ces années, pas une seule fois il ne lui a menti. Puisque

Mathilde l'exige, il veut bien concéder à quelques efforts et se mettre au sport. Après tout, il en a les capacités. Pour continuer à lui plaire, n'est-il pas prêt à tous les sacrifices ?

14

C'est un enfant potelé, joufflu et heureux. Sur la photo, Charles Draper a dans les deux ans. Le gamin respire le grand air, sa petite touffe de cheveux a blondi au soleil. Ses parents ont demandé à un ami peintre de réaliser son portrait. Il l'a croqué au fusain. Il est accroché dans l'entrée du pavillon, à quatre pattes sur un lit, il sourit au milieu du papier peint. Sa mère lui a consacré un album photo. Charles Draper de zéro à vingt ans. Ses souvenirs commencent vers l'âge de sept ans. Il a reçu un uniforme de gendarme et quand il le passe, il se prend vraiment pour un grand. Charles Draper est un petit garçon sage, il joue à des jeux de guerre. Il tue et il est tué par des armées invisibles. Il est le gentil et le méchant, le vivant et les morts. Son corps est en résurrection continue. Son corps est un bon soldat aux ordres. Il ne réalise pas sa chance, d'être cet enfant en pleine santé, les miroirs ne reflètent jamais son image, seulement celle de ceux qu'il se figure, sa galerie de personnages infantiles a pour seule limite son imagination. Il est ses semblables et ses opposés, cherche sans le savoir à oublier son identité.

À neuf ans, il sort de son corps. C'est une expérience sous fond de ciel bleu. Le soleil tonne sur l'herbe haute. Le petit Charles Draper s'allonge. Il ferme ses paupières et bouche ses oreilles avec les mains. Il attend en cherchant en vain les nuages. Il aime extrapoler les formes, chercher dans les ballets de cumulus des continents, inventer des vies. Sa pêche ne donne rien. Le ciel est vide de toute trace blanche, il impose un silence écrasant. Charles ne s'en rend pas compte, mais son esprit vagabonde. Il est en tête à tête avec sa dépouille, lorgne cette enveloppe, la longe, s'en échappe, vole au-dessus, l'incarne et la désincarne, respire profondément. Enfin, il se lève, court de toutes ses forces, l'écho de son cri dans la ville se perd à l'ouest, sur la barrière en béton des immeubles.

Adolescent, c'est une nouvelle histoire. Un fin duvet lui dessine une moustache, sa voix branle l'espace, monte et descend, la sève et ses jaillissements le débordent, sa chair vibre à la moindre émotion, les filles de son âge ricanent sur son passage, elles moquent sa maigreur de squelette, sa transparence aussi. Il a le béguin pour Alice, Laure, Juliette et Aurore. C'est un garçon paranoïaque, une matière inflammable. Il ne répond pas aux grognements de ses semblables, seulement figé dans l'appréhension. Il est une bombe à retardement. Il marche, gauche en se balançant, les pieds en canard, vers l'avant, la tête dans les épaules en trapèze. Il pousse un rire gras quand il rigole, échappe quelques gargarismes d'hommes de la préhistoire. Il est surtout très maladroit. Encombré par ses bras trop maigres, il se rêve en superhéros, se désole devant sa réalité, tous ses freins. En cours, il est rarement là. Il ne retient pas les leçons. Il accumule les mauvaises notes, il a du mal sur sa chaise, s'en va. À pied, à cheval, en avion, il vole des voitures, conduit vite sur des routes, tombe dans l'espace de la galaxie. Pour lui, c'est impossible, une terre ronde sans limites. Charles Draper est un chaos. Il manque de contrôle, pique des crises quand il est seul, refuse de se donner en spectacle en société. Les enfants le traitent parfois d'autiste. Ils ne savent pas que le calme gronde. Quand il rentre de l'école, il envoie tout balader autour de lui, fonce sur ses jouets de petit garçon, casse. Il est jeune et déjà ne s'aime pas. Charles Draper se fuit, sa course n'en est qu'à son début. Il ne s'habille pas à la mode. Il n'est pas porté sur les effets de style. Sa mère opte pour du fonctionnel. Son anorak rouge à bandes bleues, ses pulls en acrylique, l'électricité statique, les cheveux droits sur la tête, des pantalons de flanelle.

Il traverse invisible cette enfance, sur la pointe des pieds. Indifférent autant que perdu, il subit l'école et son déferlement. Il cherche toujours un abri. C'est un solitaire habité par un vide inouï. Un vide océan qui vous noie. Pour se protéger, il se réfugie dans ses pensées. Là-bas, dans son monde, il y a la douceur des débuts. À cette époque, Charles Draper est immortel. Il déteste cette idée, de ne jamais finir. Il aimerait bien mourir un peu, pour recommencer différemment, sans cette idée d'emprisonnement, sans toute cette chair boulet, sans cette dégaine de fortune, sans cette tête d'idiot, cette plaine de solitude et encore une fois ce vide interminable aboyant au fond de son petit estomac, qui lui serre trop fort le cœur.

15

Les deux pieds coincés dans les étriers du rameur, Charles Draper sue dans son survêtement à trois bandes. Un casque de musique sur la tête, deux écouteurs coincés dans les oreilles. Pour se donner du courage, Eminem à toute berzingue.

Il s'échine à suivre en rythme le flow énervé du rappeur, bouge le crâne de droite à gauche, donne l'impression de lutter contre un torticolis. En trois semaines, il est loin d'être prêt pour les prochains jeux Olympiques, mais il a franchi une étape importante, il s'est inscrit dans cette salle de sport à trois rues de son domicile, elle ouvre à 7 heures tous les matins.

Il a poussé la porte d'un pas assuré. Sur la pointe des pieds, derrière son comptoir, une brunette lui a récité son argumentaire sans cracher son chewing-gum à la fraise. Entre deux explications, elle a continué à distribuer des serviettes aux membres. En lui tendant leur carte, les abonnés du club La Gym c'est la vie ont tous eu un petit mot gentil à son endroit. Ici, au bout de deux séances, c'est la règle, on connaît bien Christelle et on l'appelle par son petit nom.

Il a fait l'économie de la prévisite réglementaire des installations et a signé directement en bas du formulaire.

Son abonnement lui ouvre les lieux tous les jours jusqu'à minuit. Plus d'excuse pour se dérober.

Une fois réglées les formalités d'usage Charles Draper se voit confié aux bons soins de Michael, alias Mika, alias un mètre quatre-vingt-dix-huit de muscles, chaussettes montantes dépareillées, moulé toute l'année dans un short court, un peu à l'étroit dans son débardeur sans manches échancré dans le dos.

Les bras du professeur sont bien plus épais que les cuisses de son élève, ses cuisses auraient pu jouer dans un film de science-fiction, sa tête carrée est vissée à un cou de bison tout droit sorti des plaines du Minnesota.

Mika marche avec les bras très écartés, il articule un français de vache espagnole, son accent du Midwest ravit les clientes, tout le monde a l'air content.

Il le questionne sur ses motivations. Sans s'étendre sur sa vraie raison, Charles Draper argumente qu'à quarante-cinq ans, il pense qu'il est temps de se prendre en main. La pratique régulière de la musculation en salle va lui changer les idées, il en a bien besoin pour éliminer son stress.

Le bison d'Amérique lui expose sa théorie des graisses. Le stress est aussi un facteur de surpoids. Il désigne son ventre sans en rajouter.

Il encourage Charles d'une tape amicale à l'arrière du crâne, applaudit pour le motiver. Le jeune Terminator va lui prescrire un programme personnalisé. Dans quelques semaines, Charles Draper sera un homme nouveau. L'apprenti gladiateur a du pain sur la planche.

La suite est aussi fascinante que fastidieuse.

Mika grimpe sur un tas de machines, manipule des ressorts et des poignées en acier, effectue des réglages de pilote automobile, mesure les distances. À califourchon sur les instruments de torture, il déniaise son client.

L'esprit de Charles divague. Il est plus concentré sur le visage de Mathilde que sur la machine à papillon, l'appareil à triceps, le presse jambes ou l'abdocrunch. Il manque de se renverser sous le poids d'un haltère, coincé sous une barre de développé-couché, il la revoit. Droite sur son cheval, elle le méprise.

16

Une vague ceinture jaune au judo, un passage par un club de foot chez les cadets. Trois entraînements avec le maillot de l'AS Monaco acheté par son paternel avec une paire de chaussures à crampons. L'aventure s'était soldée sur le banc de touche, remplaçant au poste d'arrière-gauche. Un dimanche matin, il avait été sélectionné mais avait dû sortir précipitamment. Après une vingtaine de minutes à courir sur le terrain boueux, sa cheville s'était tordue. Il était resté figé devant l'attaquant, un certain Sébastien Laporte, type rapide et costaud de quatrième verte, l'avait dribblé et planté là. Au vestiaire, la cheville avait gonflé, de retour à la maison elle avait triplé de volume, le toubib avait détecté une entorse, sa mère était partie à la pharmacie lui louer des béquilles. Seul avantage de la situation, à l'école, les filles l'avaient plaint, une Stéphanie s'était même dévouée pour porter son cartable. Et c'était tout pour le sport.

Bien sûr, il n'avait pas eu le choix, les cours de gym obligatoires, les acrobaties sur le tapis de sol, le mauvais équilibre sur une poutre. Mais Charles s'en moquait. Il courait autour du stade en coupant dans les virages et en traînant des pieds, ratait ses paniers au basket, ne cherchait pas à rattraper la balle, ni au volley ni au hand. Ça ne l'intéressait pas, la transpiration.

Des années plus tard, l'heure des regrets allait sonner.

Il s'en mord les doigts ce matin, s'avoue qu'il paie le prix fort de sa désinvolture en rentrant sa chemise dans son pantalon. Il aurait l'air moins boudiné, le pourceau, s'il avait accepté à l'époque de s'inscrire au tennis, de goûter au rugby, de se forger une base à défaut d'un corps de forçat. S'il s'était un minimum entretenu, Charles Draper n'aurait pas eu si peur en se réveillant.

Après son passage à la salle de sport, il commence sa journée devant son ordinateur à la recherche d'astuces pour s'améliorer. Il prend rapidement conscience que, dans son état, suer comme un bœuf sur une machine n'est pas suffisant. Il a besoin de perfectionner son programme. Il recopie religieusement sur un tableur les instructions de Mika. Le lundi, c'est le jour des épaules et des bras. La mardi, celui des pectoraux et des abdominaux. Le mercredi, la séance jambes, le jeudi, fessiers, triceps et obliques se conjuguent au plus-que-martyre. Le vendredi, retour à la brioche, course sur tapis, longue séance de cardiotraining. Le samedi, programme plus léger consacré à la marche rapide en côte, et encore une fois à se brûler les abdominaux.

Enfin, le dimanche, Charles Draper jure de gainer jusqu'à ce que mort s'ensuive en réalisant une planche parfaite sur les coudes. But du jeu : tenir le plus longtemps possible avant de s'écrouler dignement sur un tapis de sol et de recommencer. Avant de relire le menu de sa semaine, d'y rajouter le bon nombre de répétitions, il note au crayon de papier une séance de pompes inaugurale au réveil, délicieux supplice inauguré cinq jours plus tôt. Sur un site, Charles Draper le bouffi découvre que s'entraîner, c'est aussi bien manger. Adieu graisses, sucres rapides et lipides. Il télécharge des recettes testées et approuvées par des sportifs accomplis, en pensant à son risotto, ses assiettes de fromage, son goût immodéré pour la tarte à la meringue, les pots de confiture. Il crie déjà famine, et c'est reparti pour un tour de piste. Petit déjeuner, déjeuner, dîner, cette fois le tableur nécessite l'utilisation de plusieurs couleurs. Les rations sont réparties en fonction du poids des compétiteurs, il est recommandé de s'équiper au préalable d'une balance de dealer, mais pour les fruits et légumes.

Dans son état, la semaine débute avec quatre-vingts grammes de salade verte, cent dix grammes de filet mignon, trois cents grammes de julienne de légumes, trois cent cinquante grammes de patates douces, cent vingt grammes d'ananas, deux cents grammes de fruit de saison. Elle s'achève en un feu d'artifice de haricots verts et de lentilles, de filets de rougets-barbets, de riz complet et de lait fermenté.

Son ventre gargouille.

Dans son réfrigérateur, l'athlète jure de stocker flocons d'avoine, concombres, tomates et blancs de poulet. Pour se motiver, il punaise, assez fier, au mur de son deux-pièces parisien, ses grandes résolutions. Le poster défie l'unique miroir de la pièce living-room. Au bureau, le converti s'enferme à double tour et demande à n'être dérangé sous aucun prétexte. L'après-midi, il regarde des vidéos de *street workout*, songeur. Sur les images, de jeunes adultes suspendus à des barres montent et descendent au rythme d'un son hip-hop. Un gaillard attrape un lampadaire dans la rue et se hisse en position drapeau, la figure insolite nécessite de bander des muscles d'acier. Charles Draper est fasciné par autant de puissance, une main sur le ventre, il tire de toutes ses forces sur ses bourrelets et crie en silence sur sa chair en désordre.

Si tout va bien, dans trois semaines, il aura perdu quelques centimètres de tour de taille, sur la plaine de ses bras, des sillons redessineront la forme du biceps, son ventre aura dégonflé, et, si Dieu existe, il commencera à deviner l'ombre de ses abdominaux sous la lumière de sa lampe halogène.

« Il n'est jamais trop tard. »

Il recopie sa nouvelle devise sur un paquet de Post-it.

17

Février 2015

Là sans être là. Ce matin de février, Mathilde écrit machinalement au tableau la date et la leçon du jour. Les yeux dans le vague, elle s'adresse à l'assemblée sans fixer son auditoire. Un flou arc-en-ciel lui barre la route, les enfants sont des taches multicolores, les prénoms s'emmêlent au bout de sa langue. Sa gorge est serrée, sa poitrine aussi. Une vague de tristesse lui coupe le front. Elle tire nerveusement sur sa mèche de cheveux et la repositionne derrière son oreille avant qu'elle ne revienne masquer sa peine. Depuis toutes ces semaines, son vague à l'âme persiste et signe. À force de remettre son chagrin à plus tard, il a forcé tous les barrages. Mathilde sait très bien pourquoi cette envie de pleurer la submerge. Depuis huit mois, ce silence écrasant cogne à sa porte. Mais elle tient bon. C'est l'avantage de cette campagne. Ici, le silence est profond. Elle est aidée par son environnement. Dans cette petite école, la centaine d'élèves ne bronche pas pendant les cours. Parfois, une grande gigue ricane au milieu d'une dictée, ou, après le réfectoire, trois bouts d'enfants se crêpent le chignon. Voilà pour l'insurrection, rien à voir avec sa vie d'avant, l'école avait alors des airs de crimes et châtiments, un *soap opera* permanant, une ruche bruyante et violente, acnéique. Au tableau, Mathilde écrit machinalement sa leçon de français et entame une dictée avec ses sixièmes. Mme Draper est aussi prof en cinquième et quatrième, où elle enseigne, en plus du reste, l'histoire et la géographie. Mathilde jongle entre le globe terrestre, les dictées, les poésies, la Grèce antique, le Moyen Âge, l'Europe des Lumières et la Révolution. Ce matin, elle n'est nulle part, à la traîne.

Les enfants, qui sentent tout, ne voient rien. Mathilde est une bonne comédienne. Depuis tout ce temps, elle a appris le masque et les ombres chinoises. La main sur le cœur, elle simule sa vie, sans trop de blanc autour, elle arrive à combler la faille, et s'interroge : pour combien de temps ? Hier soir, elle a craqué, elle a pleuré les larmes de son corps, un torrent sur son oreiller, le mascara a coulé le long de ses joues, elle ressemblait à un panda, elle a fini par s'endormir, assommée à coup de Stilnox, le pharmacien a bien voulu fermer les yeux sur l'ordonnance. Cent fois, elle a tenté d'en parler. Cent fois, elle a composé le numéro, puis, chaque fois, elle a raccroché. Elle a pensé aussi le dire à Charlotte. Mais elle en est persuadée, la sœur défendra toujours le frère. Charles Draper le sauveur est intouchable. Alors, elle a abandonné cette idée, et garde son secret bien pour elle. Elle compte sur le peu qui lui reste, sa passion du théâtre, les enfants, Margaux et Fleur. Elle cherche à protéger les filles. Trouve encore la force de rire avec elles. Du lundi au jeudi, quand il n'est pas là, elle arrive parfois à oublier, mais lorsqu'il revient comme la marée, c'est toute l'écume qui la salit.

Mathilde se raccroche comme elle peut aux branches de son arbre mort. Elle le sent, elle aurait pu éviter ce désastre.

18

À quoi pense le genre humain courbé sur ces machines ? Qui sont ces cyclistes immobiles qui cravachent sur leurs vélos cloués au sol, ces hamsters sur leurs tapis roulants ? Il y a de tout dans cette salle de gym, des jeunes, des vieux, cheveux courts ou cheveux longs, c'est une microsociété. Impossible d'établir la moindre échelle sociale. Dans ce temple du survêtement, les riches ont des airs de pauvres, les pauvres sont déguisés en riches. L'uniforme est à peu près le même partout. Ici, on célèbre la victoire du synthétique, le règne du viscose et du fluorescent.

À quoi bon soulever de la fonte devant des miroirs, sauter de longues minutes à la corde à sauter ? Quelles images peuvent bien leur renvoyer toutes ces glaces ? Que témoignent-ils à leur corps, de la crainte ou de la sympathie ? En ont-ils, pareils à Charles Draper, tout simplement horreur ? Leur chair les a-t-elle surpris un triste après-midi d'hiver, ou ont-ils vu arriver le couperet de la guillotine ?

En tirant sur son rameur, Charles essaye de rassembler ses esprits. Des bouts de destins défilent à toute allure. Il est en transit, inquiet, transporté par sa résolution. Qu'il semble long, le chemin.

Quelles sont les motivations ? Quel est l'objectif à la fin ? Ont-ils, eux aussi, des comptes à rendre à la séduction ? Tous ces narcisses sont-ils gonflés d'amour-propre ou se sentent-ils rejetés par ceux qu'ils aiment ? Cherchent-ils à reconquérir l'être aimé ? Ont-ils perçu subrepticement, dans un coin de leur quotidien, le dédain ? Pourquoi sont-ils là ? Une solution fantôme ? Pourquoi s'épuiser indéfiniment à se rendre meilleur ? À trop s'y chercher, on meurt d'épuisement dans le regard des autres. La cataracte du cœur ne s'opère pas. Le flou d'un amour fou est un signe avant-coureur, un mauvais présage.

Il paraît que l'effort rend heureux, que le cerveau se dope à l'élan, que le monde est plus doux après les exercices. Mais ressentir cette joie-là exige un peu de temps. La régularité est mère de toutes les vertus. Pour l'instant, Charles subit et se demande ce qu'il fait là.

Trois types exultent, certains manifestent leur rage sans aucune retenue. La salle de sport est un grand défouloir. Un chauve souffre en silence, un grand maigre tire sur ses oreillettes, il organise sa soirée dans l'illusion du moment présent. Une blonde a de faux airs de Gwyneth Paltrow, une tête de serpent engage la conversation avec elle.

Dans cette odeur d'ammoniaque, le rythme des respirations est varié, des cris surgissent et se cassent net, voilés par le rugissement de la climatisation. Un agent d'entretien nonchalant essuie à coups de serpillière les flaques d'eau au sol. Il balaie entre les abonnés. Le préposé au ménage n'a pas le loisir de s'entraîner, il sue, anonyme, dans sa blouse blanche. Charles Draper ne veut pas se faire remarquer et travaille en douceur, sans aucun bruit. Un cours collectif débute sur la mezzanine. Un coup de sifflet rassemble les troupes, chacun installe son tapis de sol. Il sursaute. C'est parti pour une heure de « body attack ». Les garçons et les filles se mélangent. Ça bosse la résistance et la force physique. Le féminin dame le pion au masculin. Un son mondialisé de discothèque gronde et accompagne les mouvements d'aérobic.

Le groupe bande ses muscles en se vidant l'esprit.

Charles a quitté le rameur pour l'elliptique, deux grandes pédales rattachées à deux poignées arrivant à hauteur des épaules lui promettent de tonifier l'ensemble de ses muscles, y compris ceux dont il ignore l'existence. Sur l'écran, on peut choisir sa chaîne de télévision. C'est un peu le paradis tout d'un coup.

Le courage est un bracelet de force.

Après la séance, dans les vestiaires, les hommes sont des femmes devant le miroir d'une salle de bains. Tout le monde se voit, personne ne se regarde vraiment. Vers la douche, on se jauge, on se compare. Les plus musclés se mesurent entre eux avec un air de défi, ou se servent des petits complexés pour se gonfler l'orgueil encore davantage. Les mieux bâtis prennent tout leur temps, c'est plus fort qu'eux, ils traînent à poil en savates comme, un dimanche de grasse matinée, le commun des mortels en pyjama. À l'heure de la douche, les hommes défilent à la manière des coqs dans la basse-cour devant les petits, les moches, les complexés et les Charles Draper. Tétanisé dans sa serviette, le maquisard longe pieds nus les casiers. Le sol est une patinoire jusqu'aux cabines, il remercie son corps de ne pas glisser. Sous le jet, il se frotte l'estomac en se répétant que Mathilde a raison de le fuir. En pure perte. Il se tape dessus à grands coups de serviette pour éliminer. Depuis qu'il répond aux injonctions du monde moderne, il a encore grossi.

19

Quand il a pris ses locaux à deux pas de la rue de Vaugirard, Charles Draper n'a pas bien mesuré l'effort qu'impose aux hommes un déménagement. Ses équipes sont capables d'en réaliser jusqu'à trois par jour. Tant pis si, le plus souvent, l'ascenseur est en panne, et si, régulièrement, Manu, Stéph, Chris et Jean-Paul montent et descendent jusqu'à plus soif des centaines de marches, chargés comme des Népalais. Après tout, ces types sont forts, très forts et bien payés pour le job. Or, ce boulot est un art. Hors de question de rayer, abîmer, casser le moindre objet, c'est écrit dans les contrats, la société CD Mouve garantit à ses clients une prise en charge cent pour cent sécurisée de leurs biens. C'est gravé en grosses lettres sur chacun de ses trois camions : « CD Mouve s'occupe de vous, dormez tranquille. » Si, régulièrement, le patron effectue des visites surprise sur zone, pour vérifier le bon déroulement des opérations commando, il n'a jamais, depuis qu'il a créé son entreprise, participé physiquement à un déménagement. Charles Draper ne s'est jamais retrouvé avec un piano sur le dos, coincé, ruisselant, au quatrième étage dans un escalier à marches hautes, avec en point d'interrogation, le souffle coupé, cette question métaphysique : comment tourner sans s'exploser les vertèbres, arracher le mur des parties communes, ou encore, où coulisser pour arriver à bon port ?

En observant ses gars revenir d'opération, il trouve que chacun de ses soldats a plutôt fière allure. À force de monter et descendre des cartons de bouquins, remplis de livres que plus personne n'ouvre, les hommes de CD Mouve conservent, au-delà de leurs visages fatigués et souvent ridés, une ligne de jeunes hommes. À la descente du camion, leurs silhouettes en jettent sacrément.

Devant son café sans sucre, il décrète que soulever à son tour des buffets ou des armoires normandes dans le froid hivernal de février serait un formidable complément à ses entraînements du matin, et l'aidera dans sa quête pour reconquérir sa Mathilde. Il enfile une tenue adaptée et, devant l'assemblée stupéfaite, annonce à ses gars qu'à partir d'aujourd'hui, il partira en expédition avec eux, au moins une fois par jour, avant de revenir gérer la baraque en début d'après-midi.

Ses ouailles l'écoutent mais n'en pensent pas moins.

Le premier jour, il suit le rythme, à peu près sans frémir. Dès le lendemain, courbaturé, il a l'impression de crever en arrivant essoufflé au sommet d'un appartement de la rue Clerc. Une bouteille d'eau plus tard, une première crampe en pleine remontée le stoppe net. Trois quarts d'heure après, la main sur l'épaule au carré de Manu, il en est persuadé, à une marche près, un AVC va l'emporter. Charles Draper se pose la question : les pompiers ou le Samu ?

Le surlendemain, il s'équipe d'une ceinture de protection pour protéger ses lombaires.

Embouteillage place de la Bastille. Le camion débarque avec une bonne demi-heure de retard. Il abandonne Manu et part en éclaireur dans la rue Saint-Antoine, encore un cinquième étage sans ascenseur.

Personne ne lui répond à l'interphone, une gardienne courte sur pattes derrière un tas de poubelles vertes ouvre la porte lourde. Il grimpe les cinq étages quatre à quatre, sur le palier, sonne. Personne. Il déplie sa feuille de route, compose le numéro du client, une voix métallique indique que la ligne fixe vient d'être coupée. Il tente à deux reprises un numéro de portable. Une voix d'outre-tombe décroche. Trois grognements, la voix raccroche net. Des pas lourds derrière la porte retentissent. Un petit homme dégarni et bedonnant ouvre, en pleurs.

— Vous arrivez trop tard.

— Oui, pardonnez-nous, ça roule très mal depuis ce matin, la neige, vous comprenez.

— Non, c'est vous qui ne comprenez pas. Ma femme a déjà déménagé sans moi. Elle a tout emporté. Il ne reste plus rien.

Le grand quatre-pièces de cent trente-six mètres carrés est désert. Au désespoir, l'homme tourne en rond dans le double salon et, entre trois sanglots de petit garçon, vocifère. Sa femme a pris la poudre d'escampette, quarante-huit heures plus tôt, leur déménagement pour la campagne est annulé. Sans le prévenir, elle a entièrement vidé les lieux. Madame lui a écrit un dernier mot. Sur un bout de papier d'écolier, elle a griffonné les coordonnées de son avocat. Non seulement elle embarque les meubles, mais en plus, elle exige le divorce.

Le type tombe plusieurs fois sur le parquet en point de Hongrie. Charles est touché par l'animal blessé, gêné, il se baisse pour le ramasser.

— Je m'appelle Charles.

— Moi c'est Paul, Paul Louvrier, comme un ouvrier.

Face au type et ses larmes chaudes, Charles Draper imagine, la maison vide à son retour. Sur la porte, un mot assassin de Mathilde avoue une réalité implacable, ici aussi, la fête est terminée. Elle a pesé ses mots au feutre noir, elle s'en va, à son tour, refaire sa vie.

Terrassé par la peur de tout perdre, Charles Draper demande un verre d'eau. Une nouvelle fois, des gouttes glissent sur son front. Sa mauvaise conscience ricane, c'est tout ce qu'il mérite.

Ce client est un signe, un avertissement, une décharge d'adrénaline lui scie les jambes.

Il demande une explication. Paul Louvrier lui avoue la vérité. Sa femme entretient depuis plusieurs mois une liaison avec son coach sportif. Un trentenaire dans la force de l'âge. Contrairement à lui, le jeune type ne perd pas ses cheveux, pire, c'est un garçon vigoureux à l'extrême, une machine, amateur de course à pied, un enragé des marathons sans aucun problème de cholestérol. Un garçon sans bedaine ni pépin. Un jeune, capable de l'aimer toute la nuit, pas le genre à se relever deux fois pour aller pisser ou à l'empêcher de fermer l'œil à cause de ses ronflements.

— Elle m'a quitté pour un plus jeune. Vous vous rendez compte ?

— Tant d'hommes réservent le même sort à leur femme.

— Mais moi, je suis un homme et je suis incapable de vivre seul. Qu'est-ce que je vais devenir ? Hein ? Dites-moi ? Je n'avais qu'elle.

Bien sûr, l'idée lui traverse l'esprit. Mathilde consulte aussi des bras neufs. Plus grands, plus forts, plus bruns, si blonds. À quoi peut bien ressembler son amant ?

Même planqué au fin fond de la campagne française, un type meilleur que lui doit bien exister.

Charles Draper enlace le désespéré. Une dernière main dans le dos, il abandonne ce compagnon d'armes sur son champ de bataille désert, et s'éclipse sur la pointe des pieds.

Passé un certain âge, le corps solitaire est un cœur mort.

20

Une heure et quart pour déjeuner. Elle est un peu en avance. Elle en profite pour marcher dans les rues, emmitouflée dans son manteau, un bonnet blanc sur la tête. Cette bouffée d'air la galvanise. Elle a passé sa robe bleue, offerte deux jours avant le drame, du temps où la vie avait encore pour Mathilde des airs d'autoroute du soleil. Elle a envie d'un nouveau sac à main. L'idée la traverse de voler son après-midi. Sécher les cours, s'offrir l'école buissonnière, demander à Thierry de l'emmener loin pour oublier comme on gomme, à l'effaceur d'encre, les ratures. Elle revient par la place de l'Église, jette un œil distrait sur le monument aux morts, se dit que les noms sont presque illisibles désormais, chante *Avec le temps*. La chanson de Ferré s'est posée sur son épaule.

Avec le temps, va, tout s'en va
On oublie les passions et l'on oublie les voix
Qui vous disaient tout bas les mots des pauvres gens
Ne rentre pas trop tard, surtout ne prends pas froid

Elle la chante encore en entrant dans le restaurant, intimidée. C'est la cantine du village, un menu unique à treize euros. Ici, tout le monde connaît tout le monde. Pas facile de se faire oublier. Elle s'installe dans un coin, à une table ronde. Pour se donner de la contenance, elle sort un paquet de copies sur la nappe à carreaux et étudie pour de faux son portable. Elle a prévu de l'inviter, tient à le remercier, ne lui dira pas tout à fait pourquoi. En pénétrant dans le restaurant, son professeur de théâtre ne se doute pas que Mathilde Draper est en sursis. Que ses cours de théâtre amateur servent aussi à sauver des vies. Un mètres quatre-vingt-dix au garrot. Thierry souffle sur ses mains. Il porte une veste un peu moche, elle bâille à hauteur des épaules, une chemise bleu pâle d'homme d'affaires, un jean mal coupé, des chaussures en daim. Il a forcé sur la Gomina pour tenir ses cheveux en arrière, il est essoufflé, un peu, s'excuse pour son léger retard et attrape le menu en riant nerveusement. Il lui change vite les idées. Ils évoquent la pièce, s'installent dans leur conversation. Jalousie, tragédie, vengeance, ils trinquent. Il insiste pour un kir framboise, elle ne se débat pas longtemps, il enchaînera sur une bière, elle restera à l'eau. Il est confiant, enthousiaste et beau, elle est un peu intimidée mais loquace.

Elle passe du coq à l'âne, lui demande s'il est heureux.

— C'est une drôle de question. Que la question du bonheur. Et toi ?

Une sonnerie de portable. Charles tente de joindre Mathilde, elle ne décroche pas. L'appareil achève de couiner au fond du sac. Ils partagent une crème brûlée, cognent leurs petites cuillères. Le professeur de théâtre raccompagne l'enseignante. Elle devine qu'il serait d'accord pour l'école buissonnière. Dans son état, Thierry lui offrirait la lune en plus d'un nouveau sac à main, l'amour l'après-midi. Une balade au bord de l'étang ? Une chambre d'hôtel le long de la nationale, très peu pour elle. Mathilde n'abuse pas de la situation. Elle le remercie pour ce bon moment, lui promet qu'elle connaît presque son texte sur le bout des doigts, lui donne rendez-vous jeudi soir pour le cours puis franchit la porte sans se retourner. Elle le sait, devant la porte de l'école, tout le monde observe toujours tout le monde, mine de rien.

21

Les lampes rouges de cet établissement se voient de loin. La façade noire laquée en impose. La faune caresse le velours des banquettes. Les baies vitrées sont embuées. Un quadrille de serveuses en tenue asiatique tourne autour des tables dressées. Des lampes électriques sont disposées au centre de chacune d'elles, les dentelles des nappes flirtent à même la moquette épaisse de cette adresse un peu crâneuse. La foule boit, elle cherche à se réchauffer. La chaleur occupe les conversations. Un bouchon de bouteille de champagne rosé saute. Trois couples patientent en attendant leur tour.

Charlotte est là depuis un bon quart d'heure, elle converse rêveuse avec un Perrier menthe, joue à titiller les bulles avec sa paille pour défier le temps, un œil distrait sur son portable, elle attend Charles. Son frère est toujours à l'heure. Ce soir est une exception, dix minutes, affiche le texto, pas son genre. Sa pince coincée entre les dents, elle se recoiffe pour la troisième fois. Un grand chauve lui gâche un peu la vue, elle se tortille pour apercevoir entre ses grandes oreilles la silhouette de son frère par la fenêtre, un labrador sable traverse à toute allure vers les pelouses des Invalides. À sa droite, l'or du dôme crève la nuit claire. C'est aussi ça, Paris, se dit-elle, attendre au restaurant.

Douze minutes supplémentaires, Charles Draper en survêtement s'assied devant elle, le souffle court.

— Désolé !

Il rabat la capuche de son sweat, déplie la serviette immaculée et s'essuie.

— Je viens de courir sept kilomètres.

Devant son frère ruisselant, Charlotte manque de s'étouffer. Rouge en haut, gris en bas, des auréoles de transpiration descendent en cercle jusqu'au nombril. Il a enfoncé son bonnet et remonté ses chaussettes à mi-mollet. La tenue du joggeur détonne dans cette jungle. Elle ne contient pas son fou rire.

— Mais, qu'est-ce qui te prend ?

— Ben quoi, je fais du sport.

— Tu fais du quoi ?

— Du footing.

— Mais, ça alors. Depuis quand ?

— Depuis le début de l'année.

— Sans déconner ?

— Oui, tous les jours.

Charles n'y va pas par quatre chemins. La quarantaine passée, le stress, le boulot, la santé, un besoin de se sentir mieux. Et surtout, Mathilde.

— Qu'est-ce qu'elle a, Mathilde ?

— Elle me trouve gros. Elle a raison. J'ai un bide de sanglier, on dirait Shrek. Je me reprends en main pour elle, si tu veux tout savoir.

— Mathilde te trouve gros ?

La serveuse est une liane, sourire menthe fraîche, elle insiste pour prendre la commande. À cent à l'heure sur le menu, Charles Draper demande une grande bouteille d'eau, du blanc de poulet grillé et une portion de riz blanc.

— C'est gai. Je vais prendre une entrée, un tartare avec des frites, et beaucoup trop de mayonnaise.

— C'est un restaurant fusion, ici, madame, nous ne faisons pas de tartare-frites.

— Donnez-moi un tigre qui pleure, j'ai envie de me suicider.

Exalté, Charles le converti démarre au quart de tour. L'abonnement à la salle de sport, ses premières tractions, dix kilos au développé-couché, sans compter le poids des barres, les déménagements, la course à pied, les pompes et les abdominaux, même son alimentation a changé. Charlotte l'écoute, stupéfaite. Entre fou rire et consternation, son décolleté balance. Charles embraye et accélère, le monde autour l'indiffère, rien ne résiste à son obsession. C'est donc pour ça, cette distance, ses manières, sa femme sur une autre planète, la gueule du matin au soir, les coups de fil lointains, son ton mort. C'est à cause de son laisser-aller, cette fuite, cette absence d'amour. À cause de sa tronche en biais et de ce corps mal foutu. À cause de lui et de rien d'autre, de personne d'autre. Il est en train de changer, il va la récupérer, l'affaire de quelques kilos sur le pèse-personne, trois semaines, trois mois, une métamorphose. Et Mathilde à nouveau. Parce que Mathilde a raison, un point c'est tout.

Charlotte l'interrompt.

— Mais, Charles, tu n'es pas gros.

— Si, je suis gros, tu comprends. Mais plus pour longtemps.

— Non, Charles, tu n'es pas…

— Arrête ! C'est exactement ce que me dit Mathilde.

— Ben tu vois ?

— Mathilde ment ! Et toi aussi. C'est insupportable. Tu m'entends, insupportable !

Charles s'agite, commence à trembler, serre violemment la nappe en coton. Son cou se tend, son pouls s'accélère, ses yeux rougissent, ses narines se dilatent, il sue, sa bouche se fige en un rictus violent. Charlotte recule de sa chaise.

— Mais tu vas te calmer ? Moi, je mens ? Tu veux que je te rappelle lequel de nous deux est un menteur ?

— Pardon ?

— Le porte-monnaie. Tu te souviens ? Ta capacité à mentir si longtemps, ton sang-froid. Et moi qui paie pour toi. Tu te souviens, ou tu as encore une fois tout effacé ?

Ce soir de ses treize ans, un dîner d'adultes, la table des enfants. Charles Draper qui s'éclipse dans la chambre des parents, à l'endroit même où sont posés, en vrac, les manteaux des invités sur le lit. Là où les femmes ont abandonné leur sac à main en confiance, avant de passer au salon pour l'apéritif. L'anniversaire de mariage des parents. La fête qui tourne au pugilat quand, le lendemain, Mme Vantalon téléphone pour demander si, par hasard, son porte-monnaie n'était pas tombé de son sac dans la chambre des Draper. La chasse sous le lit, l'auscultation des recoins, et, fatalement l'interrogatoire des enfants, d'abord gentiment, puis, face au silence, les soupçons sur Charlotte.

Elle ne dénonça jamais son frère et encaissa les accusations, niant jusqu'au bout des coups portés par son père. L'objet qu'elle n'avait pas volé ne fut jamais retrouvé. Charles s'en débarrassa sans un mot.

La bouteille d'Evian valse et emporte avec elle les verres. Il est debout, menaçant. Les tables d'à côté s'arrêtent dans un silence gêné.

— Je ne suis pas un menteur !

— Ça va, petit bonhomme, calme-toi, d'accord ?

Le sportif se rassoit. La pression retombe. Le portable de Charlotte se met à vibrer de plus en plus fort. Elle lui tend l'écran avec un air satisfait.

— Regarde qui m'appelle.

— Clément ?

— Oui, ton copain fleuriste m'envoie plein de fleurs sur mon téléphone, c'est mignon, non ?

— Clément ? Comment il a eu ton numéro ?

— Tu ne sauras pas.

— Charlotte !

— Quoi ? C'est moi qui l'ai appelé la première.

— Toi qui quoi ?

— Il était écrit sur la carte du bouquet que tu as offert à Mathilde.

— Et ?

— J'ai arraché la carte.

— Tu as appelé Clément ?

— Tu es mon frère ou mon mari ? Ça va, je rigole. C'est pas ton fleuriste. C'est un autre Clément. Un con. Je vais peut-être le rappeler, le veuf. S'il me répond, tu m'aideras à déménager, n'est-ce pas ?

22

Il prend doucement goût à l'effort, et de l'aspirine pour soigner ses courbatures. Deux mois après son inscription, il augmente les doses de son entraînement. À la salle, Charles Draper est un habitué du matin. Il s'est constitué une bande entre les appareils. On y compte, en vrac, un photographe, un banquier, un policier, une architecte, un coiffeur, un agent de sécurité, et même un type de la télévision. Ils n'en sont plus à se serrer la main, ils s'embrassent.

L'ambiance est plutôt bon enfant. Une fois ou deux, le policier a froncé les sourcils sur son ventre, Charles a tiré sur son T-shirt. C'est tout.

Son équipe est assez hétérogène, elle aurait été difficile à constituer dans la vie civile à quarante-cinq ans. À cet âge-là, en général, les dés sont jetés. Certains jouent encore avec leurs amis d'enfance, d'autres n'ont plus que des relations professionnelles, ou n'étoffent leur cercle amical qu'en couple, quand ils n'ont pas encore tout gâché. Passé un certain âge, on ne rencontre plus vraiment, on croise. À quarante-cinq ans, on est vite un chien.

Les clubs de sport ont cet avantage, offrir aux Charles Draper du monde entier de se lier encore un peu. À raison de trois séances d'une heure par semaine, dans un an, Charles aura passé six jours avec sa nouvelle bande. Six jours en un an, ce n'est pas rien. Depuis combien de temps n'a-t-il pas vécu six jours d'affilée en tête à tête avec Mathilde ? C'est toute la question.

Sur son tapis de course, Charles Draper réalise qu'il ne voit plus sa femme. On pourrait croire que c'est à cause de la nouvelle organisation et l'installation à la campagne, mais cela remonte à beaucoup plus loin. À la naissance de Fleur. Quand il n'y avait que Margaux à la maison, c'était plus simple, la grande évasion. Avec un seul enfant, Charles et Mathilde étaient plus mobiles, ils avaient moins de scrupules à le confier pour s'enfuir au bord de la mer.

Ils en ont paraphé, des beaux moments, du temps de leurs heures de gloire. Avec deux gamines, c'est plus compliqué de fuguer. Aujourd'hui, Charles galope après leurs souvenirs. Il ne l'avait jamais formulé aussi clairement, devenir une famille, c'est accepter de perdre la vue. La course à pied rend lucide, elle n'est pas forcément très bonne pour la santé.

Il les a repérés de l'extérieur. La sonnette a tout juste le temps d'alerter qu'un client est arrivé qu'il jette son dévolu sur la douzaine de lys volumineux et solaires. Leur odeur entêtante se respire dans tout le magasin. Cinq mois qu'ils ne se sont pas recroisés.

Clément emballe les lys blancs, il est heureux de revoir son ami.

— J'ai cru que tu avais disparu.

— Non, pas du tout. C'est juste que…

Charles ne termine pas sa phrase. Il est d'accord avec Mathilde, Clément va beaucoup mieux. Neuf mois, maintenant, que Laurence est partie. La vie quand même. Il se demande bien ce que Charlotte lui trouve. Clément a fondu depuis son cauchemar, le veuf n'est pas aussi musclé dans la réalité que dans ses dérives nocturnes et n'a pas l'air si jeune non plus, enfin, pas plus que lui. Peut-être un chouïa, mais beaucoup moins que dans ses rêves, il est simplement moins cerné.

Il est revenu quatre fois dans ses nuits.

La dernière fois que Charles Draper y a découvert Clément, le fleuriste plantait un massif de campanules en sifflotant dans son jardin.

Sous leurs clochettes, les tiges volubiles doraient au soleil. Leurs feuilles crénelées s'amusaient avec la lumière à muter d'un blanc mauve au bleu violet. Clément arrosait Mathilde. Elle riait aux éclats.

Charles est à deux doigts de lui proposer une explication. Un jogging au bord de l'étang, mais Clément l'interrompt.

— J'ai vu passer Mathilde et les filles dans la rue. Elles poussent à une vitesse, c'est à peine croyable ! Tu ne dois pas les reconnaître quand tu reviens le week-end. Et sinon, comment va ta sœur ?

Il dépose les fleurs dans leur vase et part se changer. Passé le portail du jardin, il file en trottinant vers les bois. C'est le côté positif de cette histoire. Charles Draper prend de plus en plus de plaisir à courir à l'air libre. À Paris, en plus de sa séance du matin, d'un déménagement par jour, il lui arrive le soir venu d'en rajouter. Il enfile ses baskets, traverse la Seine et descend sous son sweat à capuche le long des quais. Il est très concentré sur sa foulée. Oh, il ne va pas bien vite, mais son rythme lui convient, il commence à respirer, peut parler pendant l'effort, a de la conversation dans le froid, entame un long monologue. Quand il court, Charles Draper parle dans le vide, lance des tas d'arguments à la couche d'ozone. Parfois, un rire sprinte de sa bouche pincée. À la campagne, c'est encore meilleur, parce que l'air pur lui remplit les poumons. Il a plus de puissance sur les sentiers et se surprend parfois à accélérer. Dans les montées, il est encore fragile, le champion, dans les montées il n'a pas honte de repasser au pas, de toute façon, personne n'est là pour le juger, se dire qu'il est vieux et de plus en plus gros.

Il est heureux dans les bois, il a l'impression des débuts, il apprend progressivement à gambader en levant la tête. Depuis trois séances, il profite même un peu du paysage. Les grands pins le couvrent de leur protection, au bord des sentiers, la nature l'accueille tel qu'il est. La forêt tord sa vision, trouble son imagination. Sa course pulse au fond de son cœur, encourage un sang nouveau dans ses artères. Son esprit s'aiguise entre deux foulées, il renifle les odeurs, perçoit la vie tout autour, se régale des ballets de lumière. Parfois, un chevreuil croise sa route, un busard l'escorte d'un battement d'ailes, un merle noir le fixe d'un air inquisiteur. Un nid d'oiseau désert sur un lit de bois mort lui fait signe. Sur le lac, morillons et cols-verts se croisent au large des eaux troubles dans un linceul de bout du monde. Dans la roselière, un héron cendré débarqué par surprise devise au soleil, Charles Draper dans son viseur.

À son retour, elle est là. Mathilde corrige des copies en buvant son thé. Elle ne se lève pas pour l'embrasser. Elle ne prête plus attention à sa tenue. Depuis qu'il s'est mis au sport, elle l'encourage à sa manière, pas de commentaire. Elle sent le bouquet magnifique. Elle tourne autour du vase en attachant ses cheveux. Elle ne se dit pas qu'il a revu Clément. Elle a oublié cette histoire. Elle n'imagine pas que c'est parce qu'il a peur de la perdre qu'il se tient devant elle en sueur. Elle éponge son front avec une serviette, lui propose de ne pas mettre son T-shirt mouillé dans le panier de linge sale, mais plutôt directement dans la machine à laver. Il doit rester un peu d'adoucissant au fond du placard, il pourrait lui rappeler d'en acheter la prochaine fois qu'elle se rendra à l'épicerie du village.

Mathilde le suit dans leur chambre, il sort de la salle de bains avec une serviette autour de la taille. Pour rien au monde il n'oserait lui imposer son galbe à la lumière du jour. Elle ne remarque pas sa gêne, elle est contente pour tout autre chose. Elle connaît son texte. Toute la pièce, ses tirades, par cœur, avec ses tripes. Elle lui récite dans tous les sens, à l'endroit et à l'envers, avec le ton et à l'italienne.

PHÈDRE

Œnone, qui l'eût cru ? j'avais une rivale !

ŒNONE

Comment !

PHÈDRE

Hippolyte aime ; et je n'en puis douter.
Ce farouche ennemi qu'on ne pouvait dompter,
Qu'offensait le respect, qu'importunait la plainte,
Ce tigre, que jamais je n'abordai sans crainte,
Soumis, apprivoisé, reconnaît un vainqueur :
Aricie a trouvé le chemin de son cœur.

ŒNONE

Aricie !

PHÈDRE

Ah ! douleur non encore éprouvée !
À quel nouveau tourment je me suis réservée !
Tout ce que j'ai souffert, mes craintes, mes transports,
La fureur de mes feux, l'horreur de mes remords,
Et d'un cruel refus l'insupportable injure
N'était qu'un faible essai du tourment que j'endure.
Ils s'aiment ! Par quel charme ont-ils trompé mes yeux ?

Debout sur son lit, c'est l'orgasme théâtral. Elle, au moins a progressé. Elle est à son meilleur depuis ces longues semaines de travail. Elle est touchante, sa

Phèdre, quand elle joue. Une jonque de larme descend, calme, sur sa joue.

Charles Draper a envie d'elle.

— Je voudrais partir seul avec toi quelques jours.

— Quelle drôle d'idée. Ce n'est vraiment pas le moment. Il reste un tas de choses à avancer dans la maison. Et puis, les filles te réclament. Elles ont besoin de toi. Elles te voient peu.

Il s'approche pour l'étreindre. Son portable clignote sur le dessus de lit. Elle retire ses mains qu'il a posées sur ses hanches, se rue sur l'écran tactile, avant de s'éteindre dans le couloir.

23

Son portable clignote à nouveau.

Charles s'agace furieusement.

Mathilde reprend sèchement :

— Tiens, l'hôpital se moque de la charité.

Charles objecte. Et reprend sa litanie. La vie des chefs d'entreprise, le propre des responsabilités, être joignable vingt-quatre heures sur vingt-quatre par ses équipes, question de devoir.

Depuis le temps, Mathilde connaît la musique des camions en goguette sur les routes de France, pleins de la vie d'inconnus ayant, après cinq devis différents, fini par lâcher une petite fortune pour être sûrs que leurs meubles Ikea ou leurs armoires de famille arrivent à destination sans bobo.

Oui, Mathilde a parfaitement conscience du stress quand un employé se fait braquer son chargement devant les pissotières d'une aire de repos, ou crève à l'heure de pointe en plein milieu du périphérique. Charles a des raisons de sonner que Mathilde, professeur de français vingt heures par semaine à Trifouillis-les-Oies, n'a pas. Fin de la conversation.

Pour contrer cet argument, Mathilde dégaine sa botte secrète. Les lèvres collées à celles de Charles Draper, elle lui souffle :

— Je n'ai pas forcément à te dire qui j'appelle ou qui cherche à me joindre.

— Ce n'est absolument pas ce que je te demande.

— Ah bon ? Eh bien alors, où est le problème ?

— Il n'y a pas de problème.

Charles n'a jamais fouillé une seule fois dans le téléphone de sa femme. Quand il bipe, sonne, gong, vibre, joue de la harpe ou du piano, et que Mathilde ne l'agrippe pas dans ses petites mains si douces, quand l'appareil erre, abandonné sur la table du salon, gît sur le rebord de la cheminée, bref, quand il lui arrive de tomber nez à nez avec la chose, il a encore le panache de lui tendre l'instrument en tournant la tête ailleurs.

Charles Draper n'est pas dupe.

Le bonheur n'est plus simple comme un coup de fil. Avec l'omniprésence des téléphones, les couples multiplient les coups bas. Dans les tiroirs secrets de leur carte sim, ils accumulent les dossiers classés secret défense. À coups d'intrusions répétées derrière les lignes ennemies, de nombreuses histoires d'amour se brisent sur la digue du tout-technologique. Une nouvelle guérilla urbaine a vu le jour. L'assaut au téléphone de l'autre. Pour survivre et déjouer tous les pièges, les amants du XXIe siècle n'ont pas le choix. Ils profitent de la moindre erreur, d'un oubli, d'une douche ou d'un passage aux toilettes pour percer l'adversaire au grand jour. Dans un délire de possession, accentué par la vision quotidienne de l'objet sarcophage, ils dérobent codes et mots de passe, s'infiltrent sans vergogne en territoire hostile pour découvrir de leurs yeux les horreurs de la réalité domestique.

Charles Draper en est persuadé, le portable est une arme vicieuse. Il multiplie les interrogations, entraîne la suspicion, favorise les zones d'ombre. Sa promesse d'autonomie est un esclavage, celui de l'individu en permanence relié à son ego, à sa peur de manquer. Le téléphone est l'intranquillité de ceux qui attendent tout de rien, le territoire de tous les possibles, un terrain miné propice à tous les scénarios, jusqu'au cancer des suppositions les plus noires.

Appareil photo, caméra, mange-disque, boîte aux lettres instantanée, pigeon voyageur électronique, nos téléphones sont les couteaux suisses de la trahison, des accélérateurs de paranoïa. Dans leur batterie se niche un nouveau virus, pour lequel on ne connaît ni médicament ni vaccin, le poison du doute.

Avec lui, la conjugalité s'accélère, on compte désormais pareil que pour les chats et les chiens. Un an de mariage équivaut à sept ans de vie commune.

Notre nouveau meilleur ami nous suit jusqu'aux chiottes, parfois il se noie dans la cuvette, échoue au fond du bain. Source d'angoisse, on se met à le chercher frénétiquement partout. On secoue tout sur notre passage pour le repêcher, avec plus d'énergie que pour un ami sous une avalanche.

L'idéologie numérique n'a qu'un seul but, individualiser toujours plus.

Plutôt crever que d'être injoignable.

À coups d'iPhone et de Samsung Galaxy, Charles Draper est dressé à s'intéresser encore davantage à lui-même, encouragé à dépasser les limites de son désir. Notre haut débit nous chante toujours un peu la même chanson, nous méritons mieux.

Il en est persuadé. Une seule pression de l'index suffit désormais pour pénétrer dans de nouvelles civilisations, s'inventer et s'inviter dans des vies.

Trop idéaliste, il préfère pour l'instant ne pas s'approcher du portable de sa femme.

24

Mars 2015

Il s'est enfermé dans la salle de bains. Seul devant la grande glace, il se lance dans un premier bilan. Trois mois, ce n'est pas grand-chose, mais peut-être est-ce suffisant pour noter un progrès, moins de ventre, plus de muscles, s'encourager à poursuivre, espérer que l'entraînement aboutisse à quelque chose, une allure, au moins au corps d'avant, celui qu'il n'entendait pas, brave et fidèle.

Ce corps de jeunesse, pendant des années, ne lui a demandé aucune intention particulière. Charles Draper court après ce corps transparent dont il n'imaginait pas qu'un jour il puisse devenir un frein, un sujet d'inquiétude, qui lui mangerait à la fin tout son temps.

Il court après alors qu'objectivement, il n'a pas tant changé que cela, son ventre, suivant la courbe banale de l'existence, est à peine plus gonflé qu'à trente ans.

Charles Draper court après le mirage de son image.

Ce n'est pas dans son habitude. Il n'a jamais réussi jusqu'alors cet exercice, rester droit, les bras le long du corps, les pieds écartés à la largeur des épaules, face à un miroir. Il n'est jamais resté plus de trois secondes en tête à tête avec son reflet, préférant fuir plutôt que de s'imposer une conversation avec ce visage. Cette confrontation lui procure une sensation bizarre, l'impression d'un film en accéléré. Sa vie en vingt-quatre images-secondes s'imprime sur la glace couverte d'une légère buée. Le bébé potelé, le corps malingre de l'enfance, le squelette de l'adolescent mal foutu, la tête enfoncée, dos bossu, la scoliose, l'acné, l'arrivée des poils, torse, sexe, bras, Quasimodo, les complexes. L'envie de s'échapper de cette carapace. Le désintérêt d'un corps trop maigre, l'idée d'une camisole qui vous étrangle. L'adulte en surimpression arrive, plus fort, plus droit, sans, à aucun moment, réaliser sa veine. Celle d'être en forme, de posséder cette monture, ni trop belle ni trop moche, moyenne, suffisante pour sillonner les plaines, loin, très loin de toute idée de fin. Le corps d'homme se mêle au corps de Mathilde, la naissance des filles, le temps du bonheur. Il est entièrement dévoué, tourné vers son prochain, ne s'intéresse jamais à lui, ne cultive pas son jardin, s'autodétruit.

Tant qu'il ne se regardait pas dans les miroirs, Charles Draper ne pensait jamais à la mort. Maintenant que son corps le provoque, c'est différent. Gonflée, sa chair convoque l'idée de fin. Fin d'une époque, d'un monde, d'un amour, du monde, fin de cette immortalité, longtemps vécue en punition, et aujourd'hui profondément regrettée. Si c'est par le corps que nous vient d'abord un vaste sentiment de toute-puissance et d'éternité, c'est par lui aussi que surgit l'exact contraire, autour de lui que se dresse une barrière, une route entourée de barbelés.

Longtemps passager clandestin de sa chair et de son sang, Charles Draper en prend conscience trop tard, il a oublié de lui rendre grâce.

Le corps d'avant est cet amour que l'on a tous perdu un jour pour l'avoir mal aimé.

Il ne constate aucun progrès, se persuade qu'il enfle toujours plus et, pour terminer ce bilan, se dit qu'il va bientôt mourir. Il en a l'âge, en tout cas. Depuis au moins cinq ans, il a entamé l'autre versant de son existence et la descente ne va pas aller en s'arrangeant. Après avoir longtemps souhaité cesser d'être immortel, Charles Draper, nu devant la glace de sa salle de bains, prie pour l'éternité et a peur. Peur de vieillir, entubé, amnésique, seul, tremblant, dément, puant, sans prostate ni plus aucun honneur, abandonné.

Il pense à Mathilde, à Margaux et à Fleur, il a envie de leur demander pardon. Depuis qu'il est persuadé qu'il va bientôt s'effacer, il n'a jamais eu autant besoin d'être aimé.

L'œil lourd, il affronte enfin son image et se regarde en face dans la glace. Sursaut d'orgueil. Il bombe le torse et promet qu'il redoublera d'efforts pour retoucher la ligne de l'insouciance.

Le temps de Mathilde avant l'effondrement.

25

Depuis leur déjeuner, Thierry bombarde Mathilde de textos. À défaut de la consoler vraiment, ce pilonnage en règle lui redonne un semblant de sourire. Rien de trivial ni d'explicite, un certain lyrisme, des mots flatteurs, des caresses dans le sens du poil, des encouragements, beaucoup. Mathilde est preneuse et répond toujours courtoise, amicale et distante. Elle en a besoin. Les messages de son professeur de théâtre la rassurent. Et elle se moque de ce qu'elle peut bien susciter dans son esprit tourmenté. De quoi a-t-elle peur ? Elle pense en permanence au fleuriste. Son chagrin, la disparition. Sa culpabilité la réveille toutes les nuits. Les cernes s'accumulent sous ses yeux gonflés. Elle espère un printemps, et rechute. Clément surgit de nulle part, l'annonce, le sol qui se dérobe sous ses pieds. Mathilde s'isole et noircit des pages entières.

C'est idiot, un journal intime, idiot et pourtant important. Le sien aurait de quoi envoyer sa famille en enfer. Elle a tout consigné, depuis la première fois, depuis qu'elle a choisi presque instantanément de fermer les yeux. Depuis ces longs mois que cette histoire la ronge, que les remords la dévorent et que rien ne sort de sa gorge serrée. Elle veut tenir le coup pour les filles. Elle prie en cachette, récite et psalmodie. Tout passe, toujours. Quand pleure-t-il Laurence ? Comment réussit-il ? Elle craint de le croiser, évite la place principale, s'en veut, et tous les stratagèmes qu'elle élabore ne suffisent pas. Elle rencontre Clément à la sortie de l'école. Il s'arrête. Ils parlent de la pluie et du beau temps. Pas besoin de l'évoquer. Laurence est omniprésente, il la transpire encore par tous les pores de la peau. Elle ne soutient jamais son regard. Plusieurs fois il lui a proposé de passer le voir, à la boutique, chez lui, dans sa maison si fleurie. Rester joyeuse. Toute cette peine.

Elle accepte de l'accompagner pour un café. Elle se tient au comptoir pour ne pas tomber. Il lui propose de ne pas rester là. Il désigne une table sur la terrasse improvisée. Ils sont assis face à face, sous ce soleil de mars. Mathilde disparaît sous ses verres fumés. Elle l'écoute, Clément a besoin de parler.

26

Avril 2015

Une faim de loup, il ouvre la porte de son frigo et la claque aussi sec. Il jure à voix haute de ne pas craquer. C'est décidé, Charles Draper ne mangera pas ce soir. C'est d'autant plus difficile que depuis ce matin, il n'a presque rien avalé, une salade de tomates, un seul morceau de pain. Il mise maintenant sur la combinaison « sport-diète » pour arriver à son but, se débarrasser une bonne fois pour toutes de sa protubérance, elle continue, selon lui, de gonfler à vue d'œil.

Il ne s'empâte plus du visage, il grossit seulement du bas du corps. Il a l'impression de porter un alien.

Malgré quatre mois d'entraînement régulier à la salle, de déménagements et de joggings au grand air, rien ne se passe. Charles Draper observe impuissant sa panse le narguer.

Son programme alimentaire ne lui réussit pas. Le sport lui ouvre l'appétit. Après ses séances, il avale tout sur son passage, grignote entre les repas. La dernière fois qu'il a autant ingurgité remonte à trois ans, il arrêtait de fumer. Ce sevrage ne lui avait presque pas demandé d'efforts, sa volonté de fer avait suffi. Les sept kilos réglementaires avaient disparu d'eux-mêmes en quelques semaines. À l'époque, Charles Draper ne luttait pas contre sa nature. Aujourd'hui, c'est l'inverse, sa brioche lui prend toute sa tête.

Il s'inquiète, dort mal, se réveille terrifié. L'idée d'être rejeté le détruit, Mathilde se tient épouvantée, s'éloigne. Sourde à son désir, elle l'abandonne dans un appartement vide pour un mieux que lui, un sans gros bedon, un type plus jeune, un vaillant. Et puis, Clément et son tuyau d'arrosage, avec ses doigts noirs plantés dans la terre.

Pour oublier son frigo et ses mauvais rêves, Charles Draper part courir.

D'abord, la faim est un coup d'accélérateur, mais cette impression est de courte durée. Très vite, il décélère, le paysage se voile par petits bouts, des cartons noirs sortent des trottoirs, les lumières de la ville oscillent, leur intensité baisse, brutale, avant de l'éblouir violemment. Sur son trajet, Charles est aveuglé par le crépitement de flashs très puissants. Le rire de Mathilde se brise dans sa nuque.

Il ralentit à cause d'une douleur derrière les cuisses, son estomac crampe, la fatigue lui casse le dos, une douleur lui brûle les lombaires, sa bouche a soif. De retour dans son studio, il se surprend à mâcher de l'eau. Exténué, Charles Draper s'assied sur son lit pliant et avise un carton. Il l'ouvre avec le couteau à pain. Son pèse-personne commandé sur Internet est arrivé dans la journée. Gris design, la balance communique par wi-fi à un bracelet orange. Elle est capable de dialoguer avec son téléphone, de lui envoyer des courbes de toutes les couleurs, ses résultats. La notice confirme que l'engin calcule en temps réel les informations de l'organisme, le nombre de calories ingérées par son utilisateur, l'évolution de son poids minute par minute. En divisant le poids par la taille au carré, elle affiche même aux plus savants leur indice de masse corporelle en hologramme. Point important, la balance écrit aussi des SMS. Dès demain matin, elle lui rappellera de se peser après être passé aux toilettes soulager sa vessie et juste avant d'entrer dans la cuisine pour avaler un petit déjeuner.

Si Charles Draper s'aventure à ne pas tenir ses objectifs, des signaux d'alerte lui seront envoyés nuit et jour. Après deux verres d'alcool, le bracelet vibrera. À chaque détection de sucre, il recevra un nouveau message vocal, lui ordonnant de reposer immédiatement sa fourchette. Sur son site, la marque annonce la mise sur le marché très prochaine d'une option Taser. À chaque débordement calorique, une décharge de cinq cent mille volts pour mieux refroidir les ardeurs. À ce tarif, aucun régime ne peut lutter.

Charles Draper n'en a pas terminé avec les résolutions. Derrière son ordinateur, il continue son combat, il cherche sur Internet de quoi tenir un siège, tape « coupe-faim » sur Google.

Et puis merde.

Dans la queue du MacDo, Charles Draper se lèche les babines. Giclée d'hormones. Il savoure sa pulsion devant un Big Cheese, vide la salière sur sa double portion de frites, louche sur son cheese-cake. Il ne mâche pas, il hâte, il engloutit son plateau sous la lumière jaune du fast-food. Il s'en met plein la panse, le loup-garou de 23 h 10. Un hoquet lui monte à la gorge. Il soulève son T-shirt, cogne sur son ventre.

— Avale, connard.

Il chiale de grosses larmes d'enfant triste, s'essuie avec la manche de son blouson de cuir, remet ses écouteurs, vide son plateau dans la poubelle, frotte ses mains pleines de gras, se dirige vers la sortie en vidant, jusqu'au bout, les dernières gouttes de son Coca. Le vigile lui tient la porte, une voiture manque de l'écraser.

Il rentre chez lui avec cette odeur de sale au bord des lèvres. Son ordinateur s'est assoupi, de paisibles paysages défilent sur l'écran en fondu enchaîné. Charles appuie sur la barre d'espace du clavier, retourne au point de départ sur sa liste de coupe-faim. Il est étonné du prix d'un pot de son d'avoine à cinquante euros, découvre l'éphédrine tueuse de lipides et ses effets secondaires, hésite quand même à commander un flacon, sort sa carte de crédit, renonce à ce produit interdit. Une publicité clignote, un clic plus tard, un panier d'osier rempli de fruits et de légumes s'affiche en grand sur l'écran, le message est long, un jour sans verre de vin.

Ne perdez pas la ligne de vos vingt ans. Les fruits et les légumes doivent tenir une place prépondérante dans votre alimentation. Riches en vitamines et minéraux, ils sont nécessaires au bon fonctionnement de l'organisme, à l'adaptation à l'effort, à la progression de la performance. Leurs fibres sont nécessaires au bon fonctionnement du tube digestif. Ils apportent des glucides à index glycémique bas, voire modéré. Ils ont un pouvoir antioxydant élevé. Cuits ou crus, les fruits et légumes sont riches en provitamines, à l'image du bêta-carotène, transformé dans le corps en vitamine A.

Certains d'entre eux regorgent d'acides gras essentiels. L'avocat, le pourpier, la mâche sont riches en oméga 3. Les avocats et les olives, en acides gras mono-insaturés.

Pensez à boire beaucoup d'eau et à récupérer après l'effort. Votre organisme vous dira merci.

Charles s'écroule tout habillé devant son pèse-personne électronique. Les relents de son cheese-burger se mélangent à ses idéaux d'antioxydants, ses fantasmes protéinés. Incapable de se tenir à la moindre résolution, il ne retient rien, mélange tout. Une dernière formule glanée sur Internet lui revient :

La dépense énergétique d'un coureur est égale au poids multiplié par la distance en kilomètres.

Charles Draper a encore pas mal de bornes à cavaler avant de regagner sa Mathilde. En succombant à un profond sommeil, il l'aperçoit une dernière fois s'éloigner.

27

C'est la troisième fois qu'il l'attend à la sortie de l'école. Elle termine sa conversation avec des parents d'élèves et le rejoint. Clément est heureux de la retrouver. Ils ont désormais leurs habitudes. Toujours la même place à la terrasse du café. Elle l'écoute, retient ses larmes. Il lui parle de moins en moins de Laurence, il commence à se projeter. Leur rendez-vous est interrompu par un message de Thierry, un coup de fil de Charles. Elle ne touche pas à son téléphone. Il a besoin de légèreté, elle respecte son humeur, elle est à lui totalement, l'œil grand ouvert. Parfois, ses yeux s'embuent, dans ces cas-là il baisse le regard, ou tourne la tête, cherche autour, un prétexte, détourne l'attention. Sa voix se casse en mille morceaux de chagrin d'hiver. Lui aussi tient bon pour ses deux garçons. Depuis la mort de leur mère, ils sont souvent chez leurs grands-parents. Les parents de Clément habitent au village d'à côté, ils les retrouvent à l'heure du dîner. C'est l'heure où l'absence est la plus difficile. Elle est frappée par sa gentillesse. Pour Mathilde aussi, l'heure du dîner est un creux dans le ventre. Elle se réfugie près des filles. Elle a besoin de les serrer dans ses bras, longtemps, à l'heure du coucher. Elle s'allonge sur leur lit. Elle boit leur douceur, caresse leurs cheveux. Margaux et Fleur soutiennent leur mère sans se douter que sans elles, Mathilde aurait craqué. Elle compose son numéro, raccroche. C'est Clément qui la rappelle, ils en sont là. De longues minutes au téléphone, Clément et Mathilde s'épaulent. Quand elle raccroche, elle est KO. Elle retourne à son journal, à bout de forces, écrit des mots très durs à son sujet, parle de suicide, de Charles Draper, le lâche, l'inconscient, de ses mains qui la dégoûtent, ce temps perdu de leur amour fou. Et s'interroge, pourquoi subir tout ça ? Lui en parler ? Un jour, c'est une évidence, Mathilde affrontera Charles. En attendant, elle pioche dans sa pharmacie, une boîte, un cachet et s'endort. Elle ne rêve plus depuis cette mort, une mort qu'elle aurait pu, qu'elle aurait dû éviter. Des heures plus tard, Laurence au bord de l'étang la réveille en sursaut.

28

8 heures. La salle de sport se remplit tranquillement. L'homme à la tête de serpent est déjà là. Il s'agite entre les appareils. En se grattant le haut de son crâne dégarni, il murmure dans son bouc. Des dragons partent de son cou pour cracher sur ses deux bras, Charles n'avait jamais remarqué ses tatouages. Sa couronne poivre et sel, ses orbites minuscules, son survêtement brillant, il complote dans sa direction. Étonné, Charles Draper l'interpelle en plissant le front. Le serpent s'arrête net de pédaler sur son vélo, descend de sa monture et s'avance vers lui avec un air de conspirateur. Quand il entame la conversation, Charles est en plein effort.

— Tu aimes bien perdre ton temps ?

— Pardon ?

— Tu peux ramer toute ta vie, si tu veux. D'ailleurs, sais-tu seulement pourquoi tu rames ?

— Je rame parce que ça me maintient en forme.

— Non, tu rames parce que tu veux changer le cours de ton existence.

— Pardon ?

Le serpent se rapproche. Il s'accroupit à sa hauteur, entame sa démonstration. Il connaît bien les Charles Draper. Des types entre deux vies débarquent à l'improviste à la nouvelle année, signent le contrat, et partent en chiens fous s'épuiser sur les machines d'une salle de sport. Les Charles Draper ont tous le même but, muter. À quarante-cinq ans, on n'a plus le temps pour le hasard, on joue la montre.

Les nouveaux sportifs veulent récupérer la main sur leur vie. Ils se ressemblent, les maladroits. Les pieds dans le vide de leurs résolutions idiotes, ils courent des heures, n'importe comment.

La vérité, poursuit le serpent, c'est que Charles n'a pas l'aura d'un combattant. Sur son vélo, Charles est un crapaud sur une boîte d'allumettes, il attend que sa carte d'abonné à ce club idiot le transforme en prince charmant. Elle est là, la vérité. Au grand galop derrière son image, Charles Crapaud cherche la métamorphose.

— Tu ressembles à un combat perdu d'avance. Mais t'as une chance de gagner si tu m'écoutes.

Le serpent lui pose la question. Où loge son complexe ? Dans ses épaules en bidet, dans ses bras creux de demoiselle, ou dans ses cuisses de poulet ? Et sa femme, elle en dit quoi ? Oui, Mathilde, elle aimerait quoi ? Les triceps de Rambo sur la cuisse de Jupiter ? Ou des épaules solides pour pleurer ? Charles s'arrête de ramer. Et, sans prononcer son nom, montre au serpent la taille de son problème en inclinant la tête vers le nombril.

— C'est ton ventre, le problème ?

— Un peu, ose-t-il honteux.

— Ton ventre, franchement, ce n'est pas le plus préoccupant chez toi. Suis-moi au vestiaire.

Le serpent scrute à trois cent soixante degrés pour s'assurer que personne n'assiste à la conversation. Il sort la clé de son cadenas, ouvre son casier, récupère un sac et tire sur le zip de la fermeture.

— Jette un œil sur la marchandise. J'ai tout ce qu'il faut à l'intérieur pour te reformater en jeune premier. Dans six semaines, si tu m'écoutes, t'auras les premiers résultats, ta femme risque un arrêt cardiaque tellement t'auras changé d'aspect. Ma potion magique, c'est pas de la poudre de perlimpinpin. C'est de la bombe à neutrons. Ouvre bien gros tes oreilles, tu vas piger.

Sa petite bouche accélère, il n'articule pas trop, pas suffisamment en tout cas pour quelqu'un qui n'a jamais entendu parler des brûleurs de graisse nouvelle génération, de substances thermogènes actives, du mélange caféine-guarana, des vertus du poivre noir mixé au L-Tyrosine écrasé. Sur le tableau, les couleurs se mélangent. Pour redevenir un homme conquérant, un type à la hauteur d'aujourd'hui, performer et survivre, il faut oser mélanger. Extraits de thé vert, taurine, choline, théobromine saveur cacao. Le bonheur est au bout du long corridor de l'équation magique. Dans les capsules du serpent, des trésors d'imagination aux noms évocateurs, Klamath, N-Méthyl-Tyramine, vitamine B3, biopérine, vitamine B6, cellulose microcristalline, magnésium stéarate, capsule, eau purifiée rouge de betterave, dioxyde de titane.

— Que du naturel. Cent pour cent légal. Mais il y a mieux.

Il y a plus important pour se sentir bien dans sa peau, égorger ses complexes et garder sa femme : la testostérone.

Dans le sac du petit chimiste, elle est partout, la testo. Dans une capsule de gélatine bovine, mixée aux extraits de Suma, Ashwagandha, Tribulus Terrestris, coupé à de la vitamine B6, du magnésium et pas mal de zinc garanti sans éphédrine. La posologie est assez simple.

— Trois, quatre capsules avant le repas du matin, et trois, quatre gélules avant le repas du soir. Durée de la cure, huit semaines max. Ensuite, vaut mieux pas. Mais, entre-temps, tu prends du muscle de partout. N'oublie pas, camarade : la testostérone est l'hormone avec un grand H. L'hormone des caractères mâles, elle est la clé du muscle, mais pas seulement, elle bute les graisses au fusil à pompe, développe la motivation, augmente l'endurance. Et je ne te parle pas de ta libido. Un carnage. Tu verras, c'est bon pour le moral.

Si Charles Draper est fâché avec la gélatine bovine, il peut toujours se mettre la testostérone en patch transdermique.

— Pile-poil au milieu du scrotum. Sinon, je peux te piquer aussi. J'ai mes seringues, je change chaque fois d'aiguille, ne sois pas inquiet. Je fournis plein de businessmen dans ton genre.

Les mecs angoissés, ça court les rues et les salles de sport. Pour rester vivant aujourd'hui faut s'en donner les moyens, sinon, c'est la mort.

Pour quarante-cinq euros, Charles repart avec un turbobooster fabriqué main par le serpent.

Une étape avant la grande traversée promise par la testostérone. Il n'est pas encore mûr pour les piqûres, et le serpent n'a pas vraiment la tête d'une infirmière. Mais il a raison sur un point : ça ne sert à rien de ramer pour rester en vie.

29

Au bout du fil, le rire de Mathilde est une voile de bateau. Il gonfle sous la bourrasque.

Mathilde déploie un timbre profondément joyeux, presque chantant. Aucun nuage ne peut barbouiller ce ciel bleu, c'est une incantation.

Courriers électroniques, commandes, double appel, rendez-vous : Charles Draper stoppe net son activité. Il met sur pause son ordinateur. Des corps se suspendent à des machines de torture, un homme de taille moyenne soulève des dizaines de poids, son voisin se suspend à une barre à la seule force de la main gauche, un troisième balance entre ses guiboles un haltère russe en couinant.

L'écouteur ventousé à l'oreille, il se concentre sur la bouche de son interlocutrice.

Mathilde rit.

D'abord amusé, Charles cherche à en placer une. Sa curiosité monte crescendo. Bride courte sur son secret, Mathilde tient bon dans sa joie. C'est douloureux pour Charles. Le suspense lui monte à la gorge et redescend, brutal, dans l'estomac. Au bout de quelques minutes, rongé par sa curiosité, Charles Draper est un wagon embarqué à toute allure sur un grand-huit. Il bout et se torture. Le rire de Mathilde lui chatouille l'œsophage. Au creux de son ventre, c'est un début d'incendie. Il ne tient plus.

— Même pas un indice ?

— Non.

— Une lettre ?

— Non. Tu sauras tout ce soir.

À court d'arguments, Charles promet de se débrouiller pour attraper le 18 h 03 au lieu du 19 h 13. Presque une heure, c'est son offrande pour signifier à sa femme sa hâte de partager son mystère. Ces cinquante minutes concédées après ce long monologue sont un joli geste, sa manière d'entretenir sa flamme. Mathilde ne relève pas la face cachée de sa proposition, elle lui répète seulement que ça n'a pas d'importance d'attraper un train plus tôt. Ils auront toute la soirée pour célébrer cet événement. Il est 16 h 38. Charles Draper a tout l'après-midi pour imaginer.

Un ticket de loto, six numéros gagnants et le complémentaire. Bingo. Mathilde s'est lancée, elle a joué, un flash à deux euros et une grille cochée au stylo Bic, des croix bleues aux traits réguliers. Sur la place de la gare, François, le buraliste, lui a souhaité bonne chance. Hypothèse d'autant plus probable que le hasard préfère toujours les bleds improbables aux tabacs du XVe arrondissement. Là, au milieu des champs de maïs, il est tombé sur sa femme. La voilà, l'explication. On serait excité pour moins que ça.

L'espace d'un bon quart d'heure, Charles s'y croit. Ils sont riches. Sa vie embarque en jet privé, Mathilde multimillionnaire lui annonce la couleur. Il n'aura plus jamais besoin de rentrer le dimanche soir pour aller trimer à Paris. Sa vie sera, à partir de ce soir, une grasse matinée étoilée de billets verts. Ils vont voyager, auront toujours, glissés dans leur portefeuille, des billets *open* pour surfer sur le monde en famille. Ils paieront cash la fin des travaux, ajouteront des chevaux à leur écurie, et puis après ils verront bien, ils auront tout le temps d'être heureux, ensemble toujours, riches à millions de baisers.

Il pourrait imaginer des heures la bonne fortune. Et, les deux pieds sur son bureau, Charles Draper espère que cette idée est la bonne, qu'elle ne va pas lui annoncer autre chose.

Sur le chemin de la gare, des éclairs le traversent. Mathilde a acheté un gros chien. Mathilde a décidé de lui avouer qu'elle ne l'avait jamais trouvé gros. Mathilde va lui présenter son amant. Pire, Mathilde est au courant de tout. Mathilde le quitte en riant.

Clément a déjà tiré la grille de son magasin. Dommage, Charles aurait dévalisé la boutique pour coucher la bonne nouvelle sur un lit de roses blanches.

Ses deux SMS envoyés dans le train sont restés sans réponse.

Mathilde a changé les fleurs. Des tournesols flambent au milieu de la table de la salle à manger. Margaux et Fleur arrivent en courant du couloir.

— Papa !

Elles se pendent à son cou, il se casse le dos un peu en se baissant pour les embrasser. Les filles lui racontent qu'elles ont mis une jolie table avec les serviettes de Noël. Mathilde est à l'étage, il n'a pas le droit de monter tout de suite parce qu'elle se prépare pour la fête, elle a choisi sa plus belle robe, elle a une grosse surprise à annoncer. Les filles ont enfilé leur chemise de nuit, attaché leurs cheveux et mis leurs chaussons. Elles repartent jouer dans leur chambre.

Charles Draper reste seul en silence. Il entend le *Nocturne* de Chopin s'évader du haut des escaliers. Il reconnaît ses pas. Les notes de piano s'évaporent, son parfum se précise. Le jour s'étire encore en ce début d'avril. Le soleil n'est pas pressé d'abandonner la prairie, même le saule pleureur est heureux.

Charles tousse un peu à cause du pollen, racle sa gorge, cherche un verre d'eau. La silhouette de Mathilde s'agrandit sur le crépi. Elle a détaché ses cheveux, se tourne dans sa direction, sa petite gueule de porcelaine se fend, envoie des lasers de joie.

30

Quand elle dort, Mathilde a la douceur des mésanges. La veine de son cou cogne tranquillement des battements d'oiseau doux. Le halo du petit matin caresse son visage pâle, les reflets irisés de l'opale le bénissent, ses yeux clos ont le silence des forêts de secrets, la vie coule sur le haut de son torse, ruisselle jusqu'à ses seins chauds. Entortillée dans ses draps, elle est la sérénité des clairières, son bras serpente le long de la ligne du buste, sa main s'abandonne à l'orée de ses cuisses, d'une écriture inconnue ses pieds ouvrent un œil, le rouge poli de trois orteils clignote au bout des draps.

Charles sort du lit sur la pointe des pieds. Un short et des baskets plus tard, il a un peu froid dans la cour. Pour ne pas réveiller la maison, il part courir le ventre vide. En plein réveil musculaire, la nature s'étire avec lui. Les premiers rais de soleil percent péniblement la végétation, les peupliers ressemblent à des cadavres exquis, une pluie d'hirondelles asperge le ciel gris. L'écorce des bouleaux enlace dans un dernier slow les nappes de brouillard au ralenti.

La forêt ouvre ses bourgeons dans une odeur d'humus, de pin et de fleur de sureau. Rien ne bouge sur le vert satiné. Sa foulée aussi prend son temps. Sa cheville droite craque pour se chauffer, sa respiration régulière dit la maîtrise de l'exercice, deux chevreuils prospèrent, indifférents, derrière les rosiers de la maison de Clément. Ils lèvent la tête à son passage. Charles prend la direction de l'étang, l'alcool du soir lui tire un peu les mollets, progressivement le coureur se réchauffe. Il n'entend plus la nature, seulement le sourire de Mathilde quand elle lui a annoncé la nouvelle.

Thierry, son professeur de théâtre, est formel, c'est elle que recherche depuis des mois son ami, le grand réalisateur, pour son prochain long métrage. Il l'a filmée à son insu pendant leur répétition et a montré son travail. Le grand réalisateur a soif d'une inconnue flamboyante. D'abord, il a observé en silence et, à la fin de l'acte IV scène 6, a conclu : eurêka.

Sans l'avoir cherché, Phèdre Draper est en pole position pour partager la vedette de *Bascule*, film à vif sur l'adultère où une femme mariée, bien sous tous rapports, dévisse le jour où elle découvre que son mari la trompe et le tue, folle d'amour.

Cette galéjade la conduira sur toutes les routes de France et au-delà de la frontière espagnole pendant quatre mois de tournage.

Prix de cette gloire soudaine, un congé sabbatique et une organisation pour la maison. La prise de vue débute en juin et s'éternisera jusqu'à la fin du mois d'octobre, si tout va bien. L'acteur est aussi le plus grand. L'heure est venue pour Mathilde de s'élever dans un nouveau monde. Il lui reste à rencontrer les intéressés et à passer de vrais essais. Un rôle au cinéma. Elle n'en revient pas. Elle hésite à saisir sa chance, craint d'être ridicule. Thierry l'a dissuadée du doute. Elle a eu besoin qu'il l'encourage, il lui a interdit de se dérober. Toute cette histoire lui fait du bien.

Elle a tendu le scénario à son mari, Charles a feuilleté le cahier à spirales et s'est accroché à sa chaise pour ne pas tomber. Il a trouvé l'idée formidable et s'est réjoui en apparence. Mathilde s'est mise à danser sur un chef-d'œuvre de Verdi. Il a lu quelques pages avant de se coucher pour ne pas fermer l'œil.

Ce matin, dans les bois, à des milliers de kilomètres, Charles Draper, sur sa planète, déchante. Trop préoccupée par son cinéma, la professeur de français ne s'est même pas rendu compte qu'il avait maigri un peu, que son ventre était sur la bonne voie. Visiblement, tous ses efforts ne sont pas suffisants. Mathilde lui échappe et il ne parvient pas à la rattraper ; les images sombres du scénario le doublent dans la grande allée.

La caméra fond sur Mathilde. Le grand réalisateur est en nage. Le grand acteur s'écroule sous son charme à son tour, les hommes s'effondrent sous le volcan de son rire lumineux. Les scènes d'amour ne sont pas simulées, elle a eu le temps de les répéter, d'abord Clément sur ses tapis de fleurs, puis Thierry sur le lino de la salle des fêtes. Tout le monde aime Mathilde, qui abandonne Charles Draper sur la route sablonneuse de ses utopies. Depuis qu'elle a quitté la ville pour les charmes de la campagne, les éléments se déchaînent. C'est un comble, cette histoire. Dans la ville des tentations, Mathilde n'a jamais cédé d'un iota aux sollicitations, leur couple est passé entre les mailles du filet de la trahison. Mais, une fois au calme, le tonnerre gronde. Cible de tous les désirs, Mathilde danse sur le piédestal. Jamais jusqu'à hier soir il n'avait ressenti pareilles brûlures, un feu de forêt lui ravage le cerveau. Les murs de la capitale se resserrent sur sa solitude. Dans ses camions de déménagement, les souvenirs du bonheur sont rangés dans une pile de cartons, momifiés dans du gaffer. Comment vivre avec cette impression que le monde s'écroule ? Comment redevenir le mari des débuts ? L'homme ordinaire au bras de sa femme extraordinaire. Au milieu des décombres de son imaginaire, l'esprit carbonisé au lance-flammes des suppositions, Charles Draper n'entend pas la nature murmurer. Il reste sourd aux incantations des grands pins, sort malgré lui de leur protection, à découvert il s'expose à la fureur du ciel bas de son cœur lourd. Il n'écoute pas la beauté alentour, lui ordonner de ne pas s'inquiéter. Elle lui conseille pourtant de s'aimer avant de prétendre posséder autrui. Le calme des bords de l'étang lui implore de se respecter à nouveau et de se réjouir pour Mathilde. Sous le gui d'un peuplier, il est encore temps pour la paix. Charles Draper est un malentendant. Pourtant, ce matin, la faune tient son conseil. Le vent se lève à son tour pour le dissuader de basculer. Jusqu'au bout, la nature s'applique à le convaincre. L'équilibre ne se gagne jamais loin de la terre. Sur le continent de la possession, les champs de bataille des passions dévorantes finissent toujours en ruine.

— Il faut que tu respires, se dit-il.

Mais il ne peut plus et s'écroule sur un sentier de terre noire. 7 h 45, ses jambes ne le portent plus. Son cri dans la forêt voit s'envoler les oiseaux.

III

31

— Regardez bien le cliché. L'IRM ne ment jamais. Les ligaments croisés relient le fémur et le tibia. Une structure de sept millimètres de diamètre. Leur boulot est simple, empêcher un déplacement du tibia vers l'avant par rapport au fémur. La rupture des ligaments croisés se produit lorsque le genou subit une violente torsion. La douleur ressentie est extrême. Vous avez dû trop forcer, voilà le résultat. Je vous arrête. Interdiction de bouger jusqu'à nouvel ordre.

— Je pourrai recourir un jour ?

— En théorie, oui. Mais à votre âge, je ne vous garantis rien.

— À mon âge ?

— Oui, à votre âge, c'est dangereux de se mettre à courir du jour au lendemain, vous comprenez ? Il est trop tôt pour décider d'une opération. Mais surtout, je dis bien surtout, ce n'est pas le moment d'imaginer que vous avez encore vingt ans. Lorsque le genou lâche, ce sont des ennuis à rallonge, risque de déchirure secondaire du ménisque, ensuite c'est l'arthrose, et là, c'est le début de la fin. Vous m'avez compris, monsieur Draper ? Pour le sport, c'est *niet* pour au moins six mois.

On est toujours un peu arrogant et définitif au début. Le médecin navigue dans les trente ans, et sa barbe ne change rien au diagnostic de son patient, son alliance rutilante indique un mariage récent. Allongé sur la table de dissection, Charles en déduit que dans son travail autant que dans son couple, le toubib est un garçon de l'aurore. La petite trentaine saine, le Dr Guillaume Perl a une tête à pratiquer la planche à voile et une bouche à baragouiner la femme du copain. Le beau gosse a encore le temps avant de devenir un vrai Charles Draper.

Pour l'instant, il est prévisible avec ses œillades de torero. Il crâne avec le scanner de son patient, secoue le cliché pour se ventiler parce qu'il transpire à cause d'elle. Il est assez fier d'étaler ses hormones devant Mathilde. Même coiffée avec un râteau, Mme Draper dégage plus que dix poupées russes astiquées dès potron-minet. Charles se dit qu'elle envoie des signaux au toubib et il s'assombrit.

À la fac de médecine, on n'apprend pas l'anatomie des Charles Draper. On ignore que, chez eux, le monde a tendance à gondoler, que la réalité se dilue avec l'âge. Face à eux, mieux vaut être prudent car le séisme couve, anodin. Ensuite, c'est la loterie, certains volcans entrent en éruption, d'autres pas.

Le docteur déplie mécaniquement son attelle dernier cri.

— Voilà l'engin. La genouillère ligamentaire Ligaflex Évolution renforcée bi-axiale se porte à même la peau. Au départ, ça gratte un peu, mais on s'habitude vite. Vous avez déjà utilisé des béquilles ?

Une jambe en l'air, Charles Draper suit Mathilde dans les couloirs de l'hôpital. Après trois heures dans les bois à appeler à l'aide, des traces de terre sont encore visibles sur ses joues. Elle est agacée, à la fois furieuse et soulagée. Mathilde a eu très peur. La trouille qu'il ait eu un réel malaise. Parce que c'est fréquent à son âge, les hommes qui tombent d'un coup pendant leur footing d'un arrêt cardiaque. C'est arrivé à plein de types vaillants, ce genre de fin absurde, mourir de sport. Oui, les sportifs meurent aussi, en moins de temps qu'il ne faut pour le dire. Courir tue parfois sans sommation. Charles acquiesce sans en rajouter. Il susurre un pardon que Mathilde ne saisit pas. Elle veut s'assurer qu'il est conscient qu'il n'a plus l'âge pour les jeux Olympiques. Elle le renvoie dans ses cent mètres avec ses lubies de joggeur du dimanche. Elle est persuadée qu'il n'a même pas vu de médecin avant de s'inscrire à sa salle de sport. Elle a raison. Elle est furieuse que personne n'ait songé, à son âge, à exiger un certificat médical. C'est irresponsable, Mathilde le crie dans le couloir de l'hôpital, Charles Draper est un idiot.

À son âge, on prend ses précautions, au moins un rendez-vous chez un cardiologue, on passe un test avec des électrodes sur le torse et on attend le verdict du médecin. C'est complètement immature de ne pas avoir songé que quelque chose de grave pouvait lui arriver. Et s'il s'était écroulé, raide ? Si elle l'avait retrouvé mort ? Que serait-elle devenue ? Comment les filles auraient-elles terminé, avec un père au ciel à quarante-cinq ans ?

— Merde ! Charles, quoi, à la fin.

Et non, Mathilde n'y pense pas. Non, Mathilde n'établit pas le lien avec la fameuse discussion, quand elle a confirmé à M. Draper que M. Draper s'empâtait avec ses poignées d'amour. Non, Mathilde est à mille lieues de se douter que, l'espace d'un regard, le monde de Charles Draper a pu s'écrouler.

Elle n'imagine pas un quart de seconde que Charles le complexé est persuadé depuis ce jour-là que la vision d'un mari bedonnant entamant la descente de sa petite vie est une raison suffisante pour ne plus s'y intéresser, ne plus l'aimer et foutre le camp.

Oui, Mathilde est incapable de remonter à l'origine, la balade à cheval ordinaire de ce dimanche de janvier, le jour où tout a basculé. Mathilde ne risque pas de voir que c'est pour elle et uniquement pour elle, par terreur de la perdre, que Charles se débat depuis quatre mois avec son corps, pour ses prunelles, ses litres de sueur au rameur, toutes ses pilules nouvelle génération aux extraits de thé vert, taurine, choline, théobromine saveur cacao, avalées religieusement chaque matin.

C'est pour elle, pour qu'elle ne s'échappe pas, qu'il s'évertue en vain à reculer la déchéance et tente cette métamorphose, de réparer son corps à l'atelier de la salle de sport. C'est pour regagner la confiance en son amour envolé depuis son regard de traviole, ses messages dans la nuit sur son téléphone, sa passion douteuse du théâtre, leur baraque à la campagne, ses cauchemars de fleuriste libidineux, ses allers-retours TGV, ses appels sans réponse sur le répondeur de la maison, son manque de temps serré contre ses cuisses, son absence de nuits passées le nez dans son cou, sa vie sans elle dans la ville, son air loin.

Sa femme lui manque et Charles Draper est incapable de lui avouer.

Mathilde, elle, n'en peut plus de le protéger.

Elle a essayé de le joindre une bonne vingtaine de fois sur son portable. Margaux a récupéré son iPhone sur l'étagère de la cuisine. Mathilde n'a plus réfléchi, elle a couru demander de l'aide. Clément était encore chez lui. Il n'a pas posé de questions, il a enjambé son quad. Mathilde est montée derrière lui. Ils ont traversé la forêt à vive allure jusqu'à l'étang, Mathilde s'est enroulée autour du pilote. Il a vu le corps en premier. Charles Draper étendu sous les arbres. Immobile mais conscient. Trois heures plus tard, sur le parking de l'hôpital, il porte encore aussi les séquelles de cette image. Le nouveau couple à la rescousse, fonçant sur leur engin. Il revoit la séquence, Clément et Mathilde penchés sur un même téléphone en train de guider les pompiers jusqu'à lui. Côte à côte, souffle contre souffle.

32

Elle l'a installé sur le canapé du salon en face de la télévision. Elle a rapproché la table basse et dégagé les livres d'art pour qu'il puisse tendre sa jambe et reposer sa douleur. Il joue avec les télécommandes, un œil sur son iPad. Charles Draper fulmine à cause du soleil, il lui masque l'écran. Signe que ses déménagements tournent très bien sans lui à Paris, ses deux portables ne sonnent pas. Depuis une semaine qu'il est immobilisé, le bureau évite de se rappeler à son bon souvenir. Pour s'occuper, il suit les allers-retours de ses camions sur une carte de France et, régulièrement, pique du nez.

Il a annoncé la nouvelle à Charlotte, elle a retenu son fou rire. Elle prend des nouvelles par SMS. Elle lui a proposé de venir, à deux reprises. Il prend sa jambe en photo et lui envoie pour toute réponse.

Impuissant sur son canapé, il assiste en spectateur au quotidien de sa famille. Elle ne l'attend pas pour vivre sa vie. Le lever des filles le matin, la course du petit déjeuner, le départ de ses femmes à l'école et le silence. Seul, immobile, il devient étranger à ce monde qu'il a construit. Mathilde revient à l'heure du déjeuner s'occuper de son mari. Il parle de tout et de rien, elle lui raconte ses élèves et n'évoque pas le scénario. Elle le feuillette le soir avant de s'endormir et s'y voit peut-être déjà. Reine des plateaux sous la lumière des projecteurs, Mathilde rêve mais, raisonnable, attend son audition, le résultat de ses essais, pour réellement se projeter dans cette expérience. Thierry la coache à distance. Aux mimiques sous la lueur de son écran, Charles se doute que c'est lui, les messages du soir. Il subit et souffre en silence. Il est immobile et son esprit le ronge, un lion en cage. Un œil par la fenêtre, son esprit vagabonde, dehors la nature lui fait signe, mais il s'en fout. Il n'est pas en état de profiter de cette pause, et encore moins de s'abandonner à la contemplation du jardin, de se réjouir du chant des oiseaux. Ça ne s'arrange pas.

Il en veut à Mathilde d'avoir l'air heureuse dans sa grande maison. Elle a très vite domestiqué ses absences. Cette convalescence met des images sur la vie du foyer lorsque Charles Draper navigue en solitaire à Paris. Son monde tourne très bien sans lui. Il a la sensation d'avoir été gommé.

Il pense à ses parents retraités, ses deux vieux dans leur pavillon glacé, face à face en silence toute la sainte journée. Ils sont condamnés à terminer leurs jours en chiens de faïence, sans plus rien à partager que les vestiges flous d'une vie à deux. Depuis que son père ne travaille plus, depuis que les enfants sont partis, il dégringole tranquillement et perd la boule. Tel père, tel fils. Sa mère se coltine ses bruits de bouche à demeure et ses agacements acariâtres. Elle attend sa fin. Charles Draper leur en veut pour cette vision. Il se met à la détester. Il les condamne de l'avoir fabriqué tel qu'il est, mortel et abîmé. Il aimerait être meilleur au fond, mais, la jambe tendue vers nulle part, il en est incapable.

Il se tabasse le ventre, encore une fois, une culpabilité amère humidifie ses tempes grisonnantes. Il jette la télécommande sur le miroir au-dessus du téléviseur, rampe, cloporte, jusqu'à sa réserve. Il ouvre le meuble où sont disposées les bouteilles. Dans la lueur du printemps, il se sert un premier verre de whisky pour chasser ses mauvaises pensées. Il boit pour s'oublier.

11 h 15, il revisite son enfance, l'insouciance de ses dix ans s'enfouit dans son gosier. Il est au ski avec eux, le jour de ses quinze ans, ses parents ont payé ce séjour au prix de sacrifices, il leur tombe dans les bras au moment des résultats du bac. Sa mère pleure de fierté devant la réussite de ce fils, cet enfant exemplaire et bien élevé. Ce fils de pauvre prend un bon départ.

Dans ses rails, le petit garçon a grandi, il a été réformé de toute crise d'adolescence, il a reculé l'heure de la guerre, il a oublié de fréquenter les mauvais garçons, en s'appliquant à suivre l'exemple, la voix de ses maîtres, shooté à cette dose d'amour pour avancer en confiance.

Il ne s'est pas déconcentré sous les jupes des filles en s'enivrant de leurs seins fermes, il a attendu Mathilde et s'est envolé.

11 h 30, il a envie d'un footing et d'une cigarette. C'est inconcevable, se dit-il, ces désirs contradictoires. Seul sur son canapé, Charles Draper appuie sur le frein et l'accélérateur en même temps. Le mur d'en face lui tend les bras.

33

À cause de sa patte folle, il couche sur le canapé. Mathilde le borde, il cherche à l'embrasser, elle esquive sa bouche, lui propose son front. Il manifeste, elle se résigne, accepte enfin un baiser anodin, gênée. Pourquoi sa femme se refuse-t-elle brutalement à sa bouche ? Face à son désarroi, elle accorde plus et le reçoit pleinement sur ses lèvres. Bien sûr, il l'interprète, cette hésitation, repense aux signaux à l'hôpital. Le docteur du genou a peut-être cherché à la joindre ? Est-elle troublée ? Elle désire le revoir. Par quel miracle a-t-il obtenu son téléphone ? Pourquoi lui a-t-elle donné si facilement ? Il exagère mais c'est plus fort que lui, cette vision, Mathilde roule une pelle au docteur. On est loin de ce baiser pauvre, analphabète qu'elle vient de déposer, résignée, sur son bec. On est dans la grosse pelle humide et lettrée. Progressivement, Charles Draper s'en persuade, la roue tourne.

Le vase est vide sur la table. Personne n'a pensé à acheter des fleurs. Charles, dans son silence, encaisse mille détails, dessine des montagnes, s'épuise en cercle.

Elle est sublime quand elle monte se coucher, la vision de Mathilde dans les escaliers le submerge. Il aimerait pouvoir la rejoindre en courant, lui montrer le souffle dont il est capable. Mais Mathilde n'a pas eu le temps de le voir courir.

Si elle avait pu l'admirer, Charles n'en serait pas là. Mathilde s'est réservée pour ce spectacle, la contemplation de son mari avachi sur son canapé, enroulé dans sa couverture grise, misérable et diminué. Clément a disparu de son sommeil. Désormais, quand il dort, il s'imagine que son corps a changé. Charles Draper se rêve ventre plat, se déshabille la nuit devant sa femme proie. Offerte et subjuguée par la puissance de son homme, Mathilde s'abandonne dans ses nuits à son plus bel amour.

Il se réveille en sursaut, cette impression de perdre pied, noyé dans sa respiration, bloqué, en sueur. Les beaux rêves sont des cauchemars inversés. Son genou s'éveille aussi, il étouffe un cri dans l'obscurité, avale un antidouleur, dévisse encore le bouchon de la bouteille de scotch et attend l'aube, exorbité. Il est éveillé quand Mathilde s'en va. Elle quitte chaque nuit le domicile, s'enfuit pour ne plus revenir.

L'animal blessé n'en peut plus, il a soif de la lumière des projecteurs.

Au bout de deux semaines, Charles Draper l'estropié est un pâle figurant de sa maison. Même ses enfants ne s'arrêtent plus quand ils le croisent. Sa barbe a poussé, des poils grisonnants en bataille décorent ses joues creuses. Son œil rouge déborde sans prévenir.

Dehors, le vent surgit. Charles Draper entend venir l'orage. Il gronde vers 3 heures du matin. Une demi-heure d'éclairs déchire la pièce dans l'obscurité. La lune a tourné le dos aux détonations, elle s'est rentrée dans les nuages en attendant l'accalmie. De rage, le tonnerre déverse, hargneux, sa colère sur l'habitation. Une pluie épaisse tombe en trombe sur le toit. Amputés par le vent, les arbres hurlent qu'ils ont mal, des branches partent en missiles s'écraser sur les murs ou se brisent net dans la débâcle. Les tuiles s'éjectent en cibles de ball-trap. L'eau se faufile entre les fenêtres. La cour est un champ labouré, la prairie trempée ressemble à une fille des rues. Le saule pleureur penche dangereusement, le cours d'eau à ses pieds déborde, ses branches lianes cèdent par poignées. Les filles sont sorties de leur lit. Réfugiées sur le canapé de leur père, elles crient leur peur dans la bataille. La tempête a emporté l'électricité en déposant, dans le déluge, des grêlons de cristal sur le pas de la porte. Mathilde allume quelques bougies. La famille se serre sur le radeau du salon, de l'eau dégouline au milieu. Dans un dernier sursaut d'orgueil, Charles Draper tente de les rassurer.

Le matin débarque trempé sur la nuit souillée.

Clément est à la manœuvre. Il a déboulé à 6 h 30, avec ses bottes de pêcheur, son ciré breton et son air sympa. L'orage a épargné sa toiture, chez lui les dégâts sont minimes, mais dès la lueur du jour, il a enfourché son quad pour inspecter les alentours. C'est là qu'il a vu la grosse branche sur le toit abîmé.

Il a anticipé et posé son échelle. Il va y grimper pour élaguer la pagaille et scier le bois à la tronçonneuse. Ils ont quand même eu de la chance de n'abandonner que quelques tuiles à la tempête, encore quelques rafales et ils recevaient le tilleul sur le crâne. C'est bien connu, le ciel protège les jolies familles.

Mathilde lui apporte un café, il accepte le bol chaud, au prénom de Charles, ce détail n'échappe pas à son propriétaire. Le cul vissé sur son fauteuil, il essaie d'allumer la télévision. Le courant n'est pas revenu entièrement.

Clément descend au disjoncteur, c'est encore plein d'eau au sous-sol, il repassera dans la soirée avec sa pompe vide-cave Nautilus.

— Tous les prétextes sont bons, murmure Charles dans sa barbe.

— Pardon ?

— Non, rien. Merci de ton aide, Clément.

Une voiture se gare devant la maison, un petit coup de Klaxon retentit de la Renault couleur abricot. Mathilde monte quatre à quatre les escaliers. Thierry vient la chercher pour l'emmener passer ses essais à Paris. Elle n'est pas prête et c'est la fin du monde. Elle se change en quatrième vitesse. Un haut noir sur une veste pourpre, son jean gris et une paire de bottes spécialement achetée pour l'occasion. Elle a prévu son coup.

— Ça va ?

— Tu ne m'avais pas dit que c'était aujourd'hui.

— Si, Charles, mais tu ne m'as pas écoutée. Est-ce que ça va ?

— Tu es très belle, n'est-ce pas, Clément ?
— Oui, Charles a raison, Mathilde, tu es parfaite.
— Je file, salut les garçons.
— Appelle-moi quand tu sors.

Elle a déjà bouclé sa ceinture de sécurité. Thierry fait marche arrière, la voiture s'évanouit dans les marronniers. Charles se dit qu'il n'a jamais rencontré le professeur de théâtre.

Au-dessus de sa tête, Clément découpe à la tronçonneuse. Ses filles aimeraient bien un petit déjeuner. Elles posent la question :
— On ne va pas à l'école aujourd'hui ?

34

Clément a accepté de bon cœur. Il les a embarquées dans sa camionnette sable de fleuriste, celle que conduisait chaque matin Laurence avant sa mort. Et il a foncé à l'école. Margaux lui a apporté ses béquilles et Charles a claudiqué jusqu'à la cuisine. Il a trouvé qu'il allait mieux, puis a manqué de déraper à cause des flaques d'eau abandonnées par la tempête. Elles n'ont pas fini leur chocolat chaud, ont conclu que maman préparait mieux le petit déjeuner, Charles s'est retenu de leur expliquer que maman les avait oubliées, et elles se sont habillées n'importe comment.

Clément les attendait dehors, Charles lui a tendu un billet de cinquante euros pour qu'il lui ramène une cartouche de cigarettes. Margaux l'a sermonné sur le tabac. Il lui a rétorqué de s'attacher les cheveux.

Clément ferait un super beau-père. Il se surprend à espérer qu'après lui, il acceptera la relève. En cette douce matinée de mai, Charles Draper en est persuadé, plus personne ne veut de lui dans cette baraque. Il rentre s'allonger sur son canapé. Des traits de poussière rose sont balayés par la lumière, ils montent en fines pellicules vers le marron des poutres, épluchent l'atmosphère en milliers de petits copeaux. Dans le couloir, il croise son reflet et s'ouvre la main en un coup de poing. Il attrape un torchon dans la cuisine.

Il s'installe devant la télévision, dans le lecteur DVD, Michel Piccoli torse nu s'engueule avec Brigitte Bardot. Chapeau sur la tête, cigare aux lèvres, il lui lit dans son bain la tirade sur le crime passionnel. Paul cherche, pourquoi Camille a changé ? Il sait depuis le début que c'est à cause de Jeremy Prokosch, prédateur producteur, l'homme de pouvoir et d'argent. La vie est une histoire de rivalités. Il n'a pas besoin d'accélérer pour deviner la fin. Il se souvient parfaitement quand Camille achève Paul.

— Je te déteste car tu n'arrives plus à m'attendrir.

Charles Draper crève du désamour de sa Brigitte Bardot.

Face au *Mépris*, l'handicapé des sentiments s'en va pour un long voyage. Elle et lui à l'aune de la passion, ils sont allongés sur le lit, Mathilde appuie sur le magnétoscope. Dans la moiteur de leur amour naissant, Brigitte Bardot est une apparition.

— Tout ? Ma bouche, mes yeux, mon nez, mes oreilles ?

— Oui, tout !

— Donc tu m'aimes totalement.

— Oui, je t'aime totalement, tendrement, tragiquement.

— Moi aussi, Paul !

Charles Draper allume une cigarette. Clément a pensé au briquet. Décidément, ce type est parfait.

35

Il a mis sur pause. Un gros plan sur Brigitte Bardot, le peignoir en éponge jaune, le soleil avant le rouge sang de l'Alfa Romeo de Jeremy Prokosch. Entre deux hallucinations, Charles Draper traverse un ruisseau de paix, un sourire doux, une plaine enneigée, vierge de toute idée sombre. Sa nervosité retombe. Il pose un court instant le sac de nœuds de sa jalousie. L'entrelacs de ses états d'âme s'ouvre sur une immensité cotonneuse. Il marche pieds nus sur un lac gelé, c'est un froid qui réchauffe, cette plaque lisse. Ces dernières semaines défilent en accéléré. Il écrit le mot « paix » dans le vide d'un geste ample, espace chaque lettre dans la pièce, essaye de les attraper d'une caresse imaginaire. Il souffle lentement, fige cette journée, suspend sa paranoïa, accroche au portemanteau sa douleur, se reprend. Il remplit ses poumons d'air, se contracte, relâche ses muscles, convoque un nouveau flux, appelle du sang frais. Il est bien tout d'un coup, vers la sortie d'un tunnel cauchemardesque. La paix, la paix, la paix. Il récite plusieurs fois sa prière, et à nouveau convoque son enfance. Il est ses neuf ans, ce jour de printemps parfait, allongé dans l'herbe verte, il observe son esprit circuler dans son corps, son âme prend son élan, décolle avec la douceur d'un planeur en altitude. Le monde est moelleux. Il se reprend, s'apaise, se console. D'en haut, tout lui paraît vain. Sa course folle s'arrête net dans sa salle de bains. Il pose sur son visage une serviette chaude, ses traits tirés se tendent à nouveau, le spectacle de son corps lui convient, il nage désormais hors complexes, s'accepte et, dans un rire sourd, se moque de sa trajectoire. Il arrache ses mauvaises pensées une par une, jamais Mathilde ne pourra le tromper, jamais Mathilde n'a eu la moindre idée sur Clément, jamais Clément ne prendra sa place.

Sa place est une forteresse imprenable.

Clément est un bon garçon, tout juste un mauvais rêve parfois, il n'y a aucune raison de se faire tout un monde du temps qui passe, nous blesse et nous défigure. Il y a, se dit-il, dans une seconde d'éternité, toutes les raisons du monde de célébrer la vie, d'en apprécier la beauté, d'aimer ce que nous sommes.

Le bruit de la tronçonneuse, un sursaut. Clément a repris du service. En équilibre sur le toit, il poursuit ses activités, débite la branche d'arbre. Rien à craindre.

Il l'appelle par la fenêtre.

— Viens donc boire un café, camarade !

Il l'aperçoit sur le bord de la baignoire, flambant neuf. Quelqu'un a réparé le bateau de Fleur.

36

— C'était trois fois rien. J'ai toujours un tube de colle à bois à la maison.

Clément se tient sur la pointe des pieds devant la machine à café. Mécaniquement, il retire le couvercle du réservoir, le remplit d'eau du robinet. Il ouvre le placard, s'empare de la boîte en fer. D'un coup de genou il débloque le tiroir à couverts, de la main gauche il attrape instinctivement une petite cuillère. Il déniche les filtres sur l'étagère, calés entre les pots de confiture de Mathilde. Il compte ses cuillerées de café, referme le couvercle, branche la prise, appuie sur le bouton : goutte à goutte, le café commence à couler.

Ils sont autour de la table. Charles Draper scrute le fleuriste dans les moindres détails, l'œil mort, un peu, au coin des lèvres. Le bateau dans les mains, il mime une grande traversée, la houle, les vagues, force dix. Il revoit Clément, gainé dans sa tenue fluo, courir autour de l'étang, et il entend monter à l'intérieur les larmes chaudes de la jalousie. Qu'en dit Laurence, dans la poussière ? Quel jugement porte-t-elle sur cette scène ? Les deux hommes dans la cuisine en train de boire un café ennemi sont séparés par un silence épais.

Les lèvres de Charles Draper bougent toutes seules, accélèrent, crachent des points d'interrogation.

Quand est-il venu réparer ce foutu bateau ?

À dîner ou à déjeuner ?

Mathilde lui a-t-elle préparé ses tomates farcies ou lui a-t-elle fait le coup de son escalope de dinde à la crème ?

Comment sait-il où sont planqués ses maudits filtres à café ?

D'où connaît-il l'existence de la boîte en fer près des pots de confiture ?

Quand a-t-il appris sa technique pour ouvrir le tiroir à couverts à coup de genou ?

Depuis combien de temps Clément a-t-il ses habitudes ? Jusqu'où connaît-il la baraque ?

S'est-il déjà servi dans sa penderie pour un slip ou un T-shirt propre ?

Il épie la veine de son cou, il entend battre son cœur. Aucun doute, Clément joue déjà à domicile et prend doucement ses quartiers. Est-il déjà monté dans la chambre ? A-t-il déjà fait l'amour à Mathilde ? Elle l'a sûrement consolé en l'enroulant dans ses bras. À même la chair, les amants ont eu toute latitude pour se ruer. C'est certain, Clément et Mathilde, c'est une évidence, cet amour voisin, à la manière qu'il a de se tenir, sur les pointes mais sûr de lui, en terrain conquis. Cette manière de préparer le café ne trompe personne, elle prouve la confiance et le territoire.

Dans un silence de cathédrale, Charles les regarde par le trou de la serrure. Ils s'abandonnent au printemps, ce n'est plus un mauvais rêve, cette réalité, ça tient debout, cette théorie. Clément est la preuve vivante ; l'amour enterré sous une tonne de gravats, la vie continue. Le deuil de sa femme s'accomplit dans les bras de la sienne. Échange de format, passage de relais, cérémonie officielle.

Chemise à carreaux, manches retroussées, avant-bras saillants. Clément est à des années-lumière de cette vision. Il a l'innocence de ceux qui attendent de la pluie et du soleil un avenir meilleur.

Dans les yeux de Charles Draper, le fleuriste a les mains pleines de Mathilde. Elle se renverse sous le poids de son corps conquérant, agenouillée face au canapé du convalescent, elle le boit. Ses mains calleuses et ses ongles noirs s'enfoncent de plaisir dans sa chevelure sous la stupéfaction du maître des lieux.

Fantomatique, Charles Draper tient la chandelle de son amour perdu. Il lui ouvre le crâne à coups de béquille. Clément s'effondre au premier coup, son cuir chevelu saigne abondamment sur le sol, les bras écartés, il attend, inerte, le coup de grâce. Charles termine son ouvrage, il égorge son voisin au couteau de cuisine, secoue de ses poings les restes de sa gueule d'ange. Nue, Mathilde affolée l'encourage et le serre dans ses bras.

Avant ou après la mort de la femme officielle ? Dans tous les cas, les amants ont profité de ses absences TGV pour jouir. Ils ont profité de Charles Draper du temps de l'innocence, fidèle crétin parisien, enfermé à double tour dans la Ville lumière, regagnant chaque soir sa niche tour d'ivoire. Après leur coup de fil rituel, Mathilde était certaine que son mari ne la dérangerait plus. Ça valait bien un petit effort, ça valait bien de couiner sa petite voix de rouge-gorge en susurrant des mots doux sans se donner la peine de les danser.

La voilà enfin, la vérité. Voilà pourquoi toute cette distance, Mathilde étrangère depuis des mois.

Mathilde a couché les enfants. Elle s'est minutieusement préparée en caressant ses jambes de son lait hydratant corps soyeux au bourgeon de sorbier, crème lisse, caressante et satinée. Elle se maquille devant la coiffeuse de sa mère. Pour plus de douceur et de brillance, elle passe sur ses cheveux une mousse de coiffage sans alcool au lotus volumétrique, applique sur ses joues une lotion nettoyante et révélatrice d'éclat. Elle achève sa préparation par son fard à paupières, dessine autour du bleu de ses yeux de parfaits traits charbonneux.

À chaque visite, elle travaille son décor. Elle étale sur la console de l'entrée un caravansérail de bougies parfumées. Elle craque une allumette sur le jasmin blanc, le figuier et le gardénia. Ce festival de senteurs enivre leurs sens et leur garantit de durer jusqu'à l'aube.

Clément arrive, phares éteints, dans l'obscurité.

— Quelque chose ne va pas ? Charles ?

— Tu la baises, ma femme.

— Pardon ?

— Clément, arrête ton cinéma, je sais pour vous deux.

— Mais enfin, tu es dingue ?

— Tu la baises, n'est-ce pas, ma femme ? Remarque, son prof de théâtre aussi, sûrement. En ce moment même, d'ailleurs, à Paris. Dans quel hôtel, à ton avis ?

Clément s'est déjà levé, il a quitté la cuisine et l'a planté là. Une fois dehors, il revient sur ses pas. Charles Draper ne voit pas le coup partir, un direct en pleine tête explose sa bouche. Au sol, sa lèvre du haut pend, en sang, misérable. Le poing encore serré, Clément le fixe avec désolation.

— Non seulement t'es complètement con, mon pauvre Charles, mais en plus, tu es malade. Tu as raison sur un point, Mathilde ne peut pas aimer un type pareil.

37

Il a mis le téléphone sur haut-parleur pour se servir un troisième verre. Cigarette sur cigarette. Il se confie à Charlotte. Elle rigole au bout du fil. Il s'entend parler dans l'écouteur, raccroche et la rappelle.

— Comment va ton genou, mon petit bonhomme ?

— Mal.

— Comme disait Churchill, des cigares, du whisky, et surtout pas de sport. Tu sais ce qui te reste à faire. Et, apparemment, t'as recommencé à fumer. C'est mieux.

— Rigole.

— Et ton régime ? Mathilde ? Ça va mieux, vous deux ?

— Ça dépend de qui tu parles.

— Elle est toujours loin ?

— Je dors sur le canapé.

— Oui, mais c'est à cause de ta jambe, pas de Mathilde. Alors arrête de te raconter des histoires, *Mister Parano*.

— Je ne suis pas parano. Ou, si je le suis, crois-moi, j'ai de bonnes raisons.

— Qu'est-ce que tu cherches à me dire ?
— Ta belle-sœur me trompe.
— Ça lui passera.
— C'est tout ce que ça t'inspire.
— Je plaisante. Tu sais très bien que tu te racontes des films. Et puis, avec qui Mathilde pourrait-elle te tromper dans ton trou paumé, hein ? Un chasseur de galinettes ?
— Tu as eu Clément, finalement ?
— Quel est le rapport ?
— Aucun.
— Pourquoi tu me demandes si j'ai eu ton fleuriste ?
— Je ne sais pas, vous feriez peut-être un beau couple.

Charles n'en voudrait pas à sa sœur de lui voler l'amant de sa femme. Après tout, Charlotte pourrait régler son problème. Elle lui doit bien ça, depuis le temps. Il verrait bien Mathilde se coller un chagrin d'amour. En vouloir en secret à sa belle-sœur, sans pouvoir en toucher deux mots à son mari, seule et brisée. Elle n'aurait pas d'autre choix que de revenir au premier plan, aimer à nouveau le père de ses enfants, se contenter de ce bonheur bouillabaisse, se forger à nouveau une conviction. Tant pis pour la pureté, hélas pour la spontanéité. Charlotte complice de Charles lui simplifierait bien la vie. Il pourrait la missionner, là, maintenant. L'inviter à venir passer quelques jours près de lui. Organiser une rencontre, préparer une jolie table, son risotto de malheur. Il mettrait Mathilde dans la confidence, ne perdrait pas une miette de sa réaction flagrant délit, il aurait alors la preuve irréfutable, trouverait la force de lui pardonner et repartirait du bon pied. Le voisin veuf et la sœur célibataire. Ça aurait de l'allure, ce bidonnage de boulevard sur fond de campagne silencieuse. Il tient sa scène, le mutilé. Charlotte à sa droite, Mathilde à sa gauche et Clément en face, obligé de jouer en silence la résilience, de répondre aux œillades d'une Charlotte à fond dans son personnage de Parisienne délurée, et enfin de craquer, de débarrasser le plancher de son salon, de retourner dans son paddock, bras dessus bras dessous avec la sœur cadeau. Clément resterait dans le viseur de la famille, mais un pas plus loin, étouffé au goutte-à-goutte du besoin d'être aimé de Charlotte. Charles entend le sourire hypocrite de Mathilde et s'en veut d'y penser. Il chasse l'image de sa frangine sacrifiée, offerte à l'ennemi qui le décime. Il y a forcément une autre solution que d'accorder à son rival toutes les femmes de sa vie. C'est un peu tard pour ce genre de stratégies douteuses. Sa lèvre en feu le lui rappelle, Clément ne viendra pas dîner de sitôt.

— Ah, ça alors, mon frère me donne enfin sa bénédiction ?

— Tu n'as pas attendu ma permission pour faire des conneries.

— Oui, mais ça c'était avant. Je suis une grande fille, maintenant. Ça tombe mal. Ton fleuriste va devoir attendre un peu.

— Pourquoi ?

— Je suis amoureuse.

— C'est qui ?

— Un comédien, spécialiste de Racine, un beau tragédien.

— Et tu l'as rencontré où, celui-là ?

— Sur Internet.

En allumant une cigarette et en terminant un autre whisky, Charles Draper confie à sa sœur d'une voix douce que c'est le plus important : aimer.

— Parler et faire l'amour, parole de cocu, le voilà, le secret des couples unis, l'assurance vie des familles !

— Prends soin de toi, petit bonhomme, et arrête de broyer du noir. Cherche ailleurs que dans les suppositions d'une jalousie de Feydeau. Et si tu lui parlais, simplement ?

En raccrochant, Charles Draper essuie une larme et rallume son mégot.

38

Il a descendu une bouteille de whisky. La tête en arrière, il ronfle sur le canapé. Il ouvre un œil, un champignon nucléaire explose dans son crâne. Qui a bu, boira. L'horloge se reflète à travers la bouteille de scotch, la petite sur la grande aiguille indique 16 heures pétantes. Pas de nouvelles de Mathilde, son portable est sur boîte vocale. C'est bien la peine d'être tout le temps joignable pour les autres.

Il rappelle cinq fois, change de ton, dépose un message assez doux.

— Mon amour, à quelle heure rentres-tu ?

Il élude les sujets du jour, l'audition, le film, le grand réalisateur. Il anticipe très bien tout seul les contorsions des chacals, il voit Mathilde partout jouer son cinéma, cette histoire débile d'adultère. Il imagine très bien le gracieux tableau dans ce mauvais décor. Il ne se risque pas à lui raconter que Clément lui a pété la gueule, il a trop bu et tout se mélange dans son esprit. Il jette son portable sur le canapé.

Dans les vapes et dans sa dérive, Charles Draper n'oublie pas ses enfants. Il se souvient que le jeudi,

Margaux termine plus tard et prend le car pour rentrer à la maison. Il a à peine vingt minutes pour récupérer Fleur à l'école. Dans son état, il considère que Mathilde aurait pu prévoir le coup.

Anesthésié par le whisky, les antalgiques et le tabac, son genou ressuscite, un coup de béquille au derrière, il trottine jusqu'à sa voiture. C'est en pliant la jambe que la douleur l'électrocute. Un hurlement plus tard, il a mis le contact de la Volvo. Par chance, Charles Draper ne conduit que des automatiques. Il cherche dans la boîte à gants ses chewing-gums à la menthe. Le goût de la chlorophylle combat son haleine de sanglier, sa lèvre boursouflée dans le rétroviseur l'impressionne un peu, il a soif.

Il branche l'autoradio, les mauvaises nouvelles dégringolent en rafale et, au milieu du flash info, Charles Draper manque de se tuer sur la route.

La voix annonce la fermeture d'un club de sport parisien. Parle d'un démantèlement, de trafic de produits dangereux.

Un homme tout juste sorti de prison a été arrêté ce matin et placé en garde à vue après que trois individus inconnus des services de police, tous âgés d'une quarantaine d'années, se sont effondrés à une semaine d'intervalle, foudroyés sur leur rameur. Après cette série noire, une enquête a été ouverte et la salle de sport fermée. Les arrêts cardiaques pourraient être dus à l'absorption de produits type boosters. Ces brûleurs de graisses nouvelle génération augmentent les performances sportives et favorisent la croissance des muscles. Des traces d'éphédrine, produit interdit, de synéphrine, ainsi qu'un taux anormalement élevé de testostérone ont été relevés sur les victimes. Toutes étaient inscrites au club La Gym c'est la vie depuis janvier dernier.

Le chef d'entreprise et les deux cadres laissent derrière eux des femmes et des enfants.

La police a retrouvé dans le sac du principal suspect plusieurs produits dopants, dont les fameux boosters intéressant particulièrement les enquêteurs. Conditionnés sous forme de gélules, ces produits en vente libre dans les magasins spécialisés sont très prisés des sportifs de haut niveau, les body-builders, notamment.

Un éminent médecin, professeur à l'université, appelle à une prise de conscience des autorités sanitaires.

Le dopage se généralise, et pas seulement dans les salles de sport, dans les open space des entreprises aussi.

Les hommes en milieu de vie, âgés de quarante à cinquante ans, sont particulièrement visés. Trop soucieux de rester dans la course, ils sont prêts à ingurgiter n'importe quoi.

C'est une réalité, rajoute-t-il, toujours grave et solennel, la pression du culte de la performance tue de plus en plus dans les entreprises. Après la déferlante cocaïne, le détournement de médicaments type Viagra, de nouvelles drogues réputées saines arrivent sur le marché. Ces nouveaux cachets, soi-disant bons pour l'organisme, sont un facteur de risque sanitaire majeur. Pris à l'emporte-pièce, sans aucun suivi médical, ces produits miracle conduisent irrémédiablement à d'importants risques de maladies cardio-vasculaires.

Charles Draper éteint son autoradio.

Ça aurait pu tomber sur lui. Il aurait pu s'écrouler sur le rameur. Que se serait-il passé ensuite ? Mathilde aurait reçu un coup de fil. Elle serait montée à Paris pour identifier son corps, avant de se rendre à son audition. Quelques jours plus tard, elle aurait découvert que son mari était chargé comme un mulet, et n'aurait jamais compris la raison. Que c'était pour rester dans sa course que Charles avait fini par se doper. Pour continuer à lui plaire qu'il s'épuisait avec son ventre. Si loin du compte.

Elle l'aurait méprisé et enterré à la campagne. Les filles auraient beaucoup pleuré, et elle aussi, un peu, finalement. Cette mort subite l'aurait sans doute soulagée. Elle lui aurait au moins évité d'avoir à tuer leur histoire. Le veuf aurait vite débarqué sur son air triste. Doucement mais sûrement, l'horizon aurait regagné ses couleurs. La belle bleue aurait ouvert ses bras sans difficulté, et Clément l'aurait remplacé. En quelques mois. Il n'aurait plus eu besoin d'éteindre ses phares, de se pointer en catimini après le coucher de ses soleils. Margaux et Fleur l'auraient découvert au petit déjeuner et lui auraient sauté dans les bras.

Elles auraient fait de ce nouveau papa contre mauvaise fortune bon cœur. Ils auraient étudié la question. Mathilde aurait choisi de rester dans sa maison, Clément aurait vendu la sienne et aurait rapatrié ses valises. Ils auraient trouvé la solution, pour la cohabitation, ses garçons et les filles auraient collaboré à la résurrection de leurs bouts de parents. Ils auraient fêté un premier Noël pour repartir vers le printemps, le joli mois de mai aurait effacé le visage inquiétant du passé. Charles Draper serait devenu un souvenir lui aussi, au ciel avec Laurence, ils auraient protégé le nouveau foyer. Mathilde aurait eu son troisième enfant, le bébé du renouveau, un garçon qui lui ressemblerait, et que Clément lui aurait donné dans l'amour. Ils se seraient mariés au village, la foule serait venue nombreuse pour fêter le *happy ending*. La mort de Charles Draper aurait fini par rassurer tout le monde, et même la nature aurait retrouvé la paix.

39

Des mères, quelques pères, très peu de couples. Devant la petite école des enfants, tout le monde attend religieusement devant la porte. La sonnerie retentit. Personne ne remarque Charles Draper parce que personne ne le connaît vraiment. Ce père à mi-temps traîne rarement sur les terres de Mathilde. Elle, en revanche, est une sommité. Tout le monde salue et apprécie la professeur, la mère exemplaire, la fille courageuse ayant accepté de quitter la grande ville pour venir ici vivre l'essentiel. Au village, la Parisienne, c'est quelque chose, ou plutôt quelqu'un. Depuis le début, Charles Draper doit vivre avec cette idée, partout où elle passe, sa femme suscite l'unanimité, c'est pareil depuis le premier jour. Planqué derrière ses verres fumés, Charles tire sa conclusion en allumant sa cigarette.

— C'est le principe des belles personnes, elles réservent leur part d'ombre à très peu d'élus, leur mari et leur mauvaise conscience.

Les amis de Mathilde sont loin d'imaginer la vie sous-marine de la dissimulatrice. Si seulement ils savaient. Si seulement ils pouvaient deviner, Clément et la clandestinité. Qu'en dirait l'agora ? Certain qu'ils en feraient de la bouillie, de ce qu'en-dira-t-on. Ils s'en lécheraient les babines, des cornes de Charles Draper, tout juste bon à remonter le dimanche soir dans le train des cocus. En attendant, elle est pour lui la mauvaise réputation, il le devine très bien dans les regards interloqués de l'assemblée. Tous ces bouseux le jugent, et il se mord les doigts d'avoir ouvert à certains les portes de sa belle maison.

Devant la petite école, Charles Draper est fatigué de jouer le mauvais rôle. Il récupère sa fille en la serrant dans ses bras. Fleur pousse un cri en regardant sa bouche.

— Papa ! Pourquoi le rouge de ta lèvre il est violet ?

— Papa a été piqué par une guêpe.

— Mais c'est horrible !

Fleur ne se doute de rien. Derrière ses boucles brunes, elle n'identifie pas l'odeur du whisky. En toute innocence, la petite fille prend place à l'arrière de la voiture paternelle. Elle lui raconte sa belle journée. Elle veut lui chanter une chanson. Charles Draper met de côté sa paranoïa et, l'espace d'un court instant, se réjouit.

Toujours aucune nouvelle de Mathilde. La femme de sa vie n'en démord pas, et Charles Draper, oiseau prisonnier, se casse encore les ailes sur sa messagerie.

Le pare-soleil ne suffit pas. L'image de Mathilde s'incruste sur le pare-brise. Il tente en vain de l'effacer en activant le lave-glace, mais les balais grincent dans le vide.

En surimpression, Mathilde danse sur le lit d'une chambre d'hôtel parisienne. Son professeur de théâtre est à la caméra. Elle ondule son corps de sirène, ses fines chevilles à l'extrémité de ses jambes fuselées dessinent trois pas de danse. Elle rit encore et toujours dans cette lumière de contre-jour. Son visage caché dans la pénombre, elle avance son buste nu vers le cameraman. Son Gérard Philipe de pacotille pose l'instrument sur une chaise, l'objectif enregistre cet essai. Déshabillé à son tour, il enfourche sa monture. Indomptable, insaisissable, Mathilde la femme parfaite, aimée et respectée de tous, se donne, enroulée dans ses draps. Elle est heureuse de regoûter sa ville, fière d'inventer ce mensonge. Ce faux casting et ce faux réalisateur lui offrent de respirer à nouveau le bruit et la fureur, la pollution lui manquait. Le baby-sitting de son gentil mari l'ennuyait. Elle est heureuse, chuchote-t-elle dans le creux de l'oreille de son amant, de souffler un peu, de se réconcilier avec sa vraie nature.

— Maman !

Fleur se jette dans les bras de sa mère. Mathilde resplendit, elle regarde Charles avec un air effaré, à cause de la lèvre gonflée. Il lui assure que ce n'est rien. Fleur lui coupe la parole et raconte l'histoire de la guêpe. Elle se rapproche de son mari. Charles recule de trois pas, il craint qu'elle le respire et détourne la tête à cause des vapeurs d'alcool. Il croise les doigts pour qu'elle ne découvre pas le cadavre de la bouteille. Le portable de Mathilde se met à vibrer dans sa main.

— Tu as essayé de me joindre, chéri ? Pardonne-moi d'être partie si vite ce matin. Dans la précipitation, j'ai oublié mon téléphone sur le lit. Je viens tout juste de l'allumer.

— Et tu es de nouveau joignable.

Elle décroche et lui tourne le dos.

— Je suis folle de joie.

40

Mai 2015

Peu importe la douleur et les ordres du médecin. Charles est remonté dans sa chambre après le dîner et Mathilde l'a aidé dans les escaliers. Il est allongé sur le lit, elle se démaquille devant sa coiffeuse, il s'est lavé les dents, l'odeur du whisky s'est volatilisée.

Pendant tout le repas, elle a raconté aux enfants ses essais. Elle leur a expliqué qu'elle avait été engagée par le grand réalisateur, pour jouer prochainement ce rôle au cinéma.

Les filles étaient surexcitées.

Margaux a cherché à savoir si sa mère serait sur l'affiche et si ses copines de l'école pourraient l'admirer en prenant le car du matin.

Mathilde a répondu, modeste, qu'il y avait de fortes chances. Fleur a acclamé sa mère en lui signifiant de toutes ses dents qu'elle était une star. Sortie de la bouche de sa fille, Mathilde a trouvé l'expression amusante et a riposté, sûrement pas.

Mathilde a rassuré ses enfants. Le cinéma, ce n'était qu'une coïncidence, lorsque la vie vous offrait un cadeau pareil, c'était joli aussi de l'accepter. Fleur a rappelé à sa mère que maman était son vrai métier. Mathilde a confirmé. Maman et professeur, c'était sa vocation, actrice c'était pour rigoler, elle allait beaucoup s'amuser pendant ces quelques semaines.

Charles est resté muet. Pensif, il a écouté sa tablée dans un rictus figé, glacé que sa femme mente si bien à ses propres enfants.

Margaux s'est inquiétée de la période du tournage, elle a voulu connaître le planning des grandes vacances. Mathilde a caressé, confuse, le bras de son mari, Charles lui a tendu sa main. Les questions ont continué à fuser.

Quelle tête aurait la rentrée des classes, puisque maman ne serait pas là ?

Mathilde a répondu qu'elle avait tout le temps pour bien organiser la maison, que tout se passerait bien, qu'il ne fallait surtout pas s'inquiéter. Fleur a décidé de l'accompagner. Margaux a claironné qu'elle allait jouer un rôle pour dormir avec elle dans sa caravane. En chœur, les filles ont exigé qu'elle raconte toute l'histoire. Mathilde est restée vague, a balbutié le mot « policier ». Charles est allé essorer la salade en évoquant une femme tuant son mari parce que son mari avait commis une terrible bêtise. Fleur a demandé s'il avait cassé la vaisselle. Mathilde a passé sa main derrière sa nuque.

Fleur a compris que sa mère allait tirer au pistolet pour tuer les méchants. Mathilde a nuancé, une chose était sûre, il n'y aurait plus du tout de méchant à la fin.

Après le dîner, Charles et Mathilde sont allés coucher leurs enfants.

Emmitouflées sous leur couette, Margaux et Fleur ont réclamé une histoire.

Il attend qu'elle lui révèle enfin la vérité. Qu'elle lui vide son chargeur de mensonges. Qu'elle lui balance les noms de ses amants, la liste noire de ses suppléants, Clément, le docteur, Thierry et consorts. Il attend que Mathilde enclenche le processus de sa destruction, qu'elle appuie enfin sur le bouton rouge, que tout devienne irréversible, nom de Dieu. Mais Mathilde préfère chanter plutôt que de pleurer devant son miroir. « Avec le temps, va, tout s'en va. » Elle le guette dans la glace durant ses ablutions. Elle attend qu'il se réjouisse un peu pour elle, se retient d'exploser, chante doucement, crème en un massage sa peau de porcelaine.

Chacun campe sur ses positions.

Charles s'approche en silence torse nu et l'interroge.

— Tu ne trouves pas que j'ai un peu maigri ?

— Pardon ?

— Je veux dire, mon ventre, il n'est plus si gros.

— Charles, tu n'es pas gros, tu es grotesque, ton ventre n'a jamais été gros. Tu m'entends. Jamais.

— Si, Mathilde, bien sûr que oui. C'est même toi qui l'as remarqué.

Il a éteint la lumière, elle s'est retournée sans un mot. Charles Draper a tenté l'étreinte, mais son désir est resté sur le paillasson. Mathilde, en chien de fusil, simule un sommeil profond. Elle ressasse, Clément, leurs conversations, ses confidences, ce secret, la mort de Laurence.

Après le déluge de la veille, une moiteur décide de posséder la nuit. Charles Draper a soudainement très chaud sous les draps et décide d'ouvrir en grand la fenêtre. Dehors, la lune tire pleins feux sur le toit de la forêt. Les nuages la défient, en vain.

Les animaux veillent en silence.

41

Après une longue insomnie, Charles Draper s'est résigné à s'endormir au petit matin. Dans la moiteur de 10 h 30, il descend sur une jambe et ouvre grand toutes les fenêtres du bas. Depuis la tempête, le soleil se venge, la nature crame sous ses rayons. Il ne quitte pas ses lunettes de soleil, prépare un café dans la cuisine en s'appliquant à vider le lave-vaisselle. Il zappe sur les chaînes info avant d'éteindre la télévision. Il attrape ses béquilles pour un tour du côté des chevaux. Sous un cagnard grandissant, les poneys des enfants tondent les dernières herbes fraîches. Les chevaux se gavent d'ombre en balayant les mouches avec leur queue. Charles Draper nettoie l'abreuvoir, le cours d'eau est déjà sec. Le saule pleureur a les traits tirés, il s'épuise de bonne heure cette année. Les nuages ont fugué vers le nord.

La voiture de Mathilde surgit de l'allée des marronniers, elle traîne derrière elle une boule de poussière. Elle n'ignore pas le danger de rouler si vite dans les ornières et klaxonne le plus fort qu'elle peut. Elle lui adresse de grands signes en criant. Mathilde est un petit point noir, l'écho de son cri est étouffé par les arbres. Charles Draper n'est pas près de déjeuner en paix. Il rentre, sa femme, les deux mains sur la tête, pleure sur le canapé.

— Mais qu'est-ce qui t'a pris ? Tu es complètement fou.

Tôt ce matin, devant l'école, Clément est venu attendre Mathilde. Autour d'un nouveau café, il lui a tout raconté. Les accusations de son mari, et les coups. Devant sa tasse, il tremblait de rage et d'effroi.

Charles attaque, frontal :

— Je sais très bien que tu couches avec lui.

Il lâche ses accusations. Lui et elle, à la nuit tombée, les enfants bien bordés, sagement endormis. Le mari dans sa chambre à Paris, loin de se douter qu'eux. Eux deux dans l'obscurité, salissant leur histoire, elle le consolant, lui rugissant. Il sait, il n'en démord pas. Mathilde s'insurge. Comment ose-t-il insinuer une chose pareille ? Comment peut-il, un seul instant, imaginer qu'elle, sa femme, se donne à un autre ? C'est abject. Pourquoi en est-il arrivé là ? Pourquoi ne lui a-t-il pas, s'il avait un doute, posé directement la question ? Charles Draper est tombé bien bas. Qu'est devenu ce mari tant aimé, où est passé le vrai, le père si beau de Margaux et Fleur ?

— Je sais très bien que tu couches avec lui.

Au lieu de se noyer dans la contemplation de son nombril ? Au lieu de passer son temps à lécher les miroirs, n'a-t-il donc pas vu qu'elle l'aimait patiemment, avec la solidité du roc, fidèle, et douce ?

Charles la noie de détails scabreux. Mathilde s'effondre. Elle a peur, elle ne le reconnaît plus. Il la somme de s'expliquer.

— Je sais très bien que tu couches avec lui.

Il lui ordonne de se relever et de l'affronter. Il sait, depuis leur balade à cheval autour de l'étang, que Mathilde ne l'aime plus.

Elle hurle encore qu'il est fou et, à genoux sur le carrelage du salon, exige de lui des excuses.

— Mais pourquoi tu me fais ça ? Pourquoi ? C'est toi qui as changé, regarde-toi.

Pourquoi s'en prendre à ce pauvre Clément ?

Il l'accuse de le défendre. Encore une fois, elle lui répète. Elle le défend car il est innocent et qu'il n'y a rien entre eux qu'une simple amitié. Charles monte en pression, son ventre gonfle à nouveau. Il soulève sa chemise et lui désigne son abdomen.

— Mon ventre te dégoûte, n'est-ce pas ? Je te dégoûte, Mathilde, avoue que je te dégoûte !

— Arrête, Charles ! Tu es fou, complètement fou. Clément est inconsolable depuis la mort de Laurence, il est inconsolable et il a besoin d'écoute, c'est aussi simple que ça, je l'écoute, et c'est tout.

— Et c'est tout ? Mais tu rigoles, ou quoi ? Tu consoles toujours de cette façon ? Parce que moi, je n'en ai aucun souvenir.

Mathilde se redresse brusquement. Un nouveau visage apparaît, ferme, calme, déterminé. Une femme que Charles Draper ne connaît pas. Elle le foudroie.

— Tais-toi ! Ça suffit, Charles Draper. Cela va faire un an que je me tais. Alors maintenant, tu arrêtes ton cinéma.

42

— Laurence n'est pas morte d'une méningite fulgurante. Laurence s'est suicidée. Tu comprends ce mot ? Suicidée ! Il n'a pas voulu que ses enfants l'apprennent. C'est pour protéger les garçons que Clément a inventé cette histoire.

— Et il t'a raconté cette histoire sur l'oreiller, hein ? C'est bien ça ?

— Ça suffit, Charles ! Laurence était malade, très malade. Elle avait cette fragilité depuis des années, depuis la mort de son père quand elle avait vingt-cinq ans, une sorte de dépression profonde, avec ses hauts et ses bas. Elle avait des crises, un traitement lourd. Elle ne supportait plus les médicaments. Il y a cinq ans, déjà, elle avait suspendu d'elle-même son traitement. Et s'était inventé une vie. C'était plus fort qu'elle, elle en avait besoin, fuir, toujours fuir, s'imaginer un ailleurs, et elle avait tenté d'en finir. Après cette tentative, ils ont déménagé, quitté Paris et sont venus s'installer ici.

— Quel genre de crise ?

— Elle débloquait, Charles, elle s'imaginait des histoires.

— Quelles histoires ?

— Des histoires avec des hommes mariés.

— Et ?

— Elle était amoureuse de l'amour, elle tombait amoureuse brutalement, tout le temps. Elle décidait de tout quitter sur un coup de tête, ça pouvait durer des semaines, cet aveuglement, toujours pour le même genre de types.

— Quels types ?

— Des types comme toi. Mariés, pas libres. Laurence les piégeait. Après les avoir rencontrés, elle se débrouillait pour leur mettre la main dessus, entamait des liaisons. Laurence imaginait monts et merveilles et, chaque fois, annonçait à Clément qu'elle partait avant de déchanter, de s'effondrer et de revenir. Au début, ses amants en profitaient, mais, bien sûr, les vampires ne quittaient jamais leur femme. Et elle rentrait chez elle, se morfondait pendant des semaines, immobile sur son lit, muette. Elle reprenait le dessus, un semblant de vie normale, sa vie de fleuriste, tentait d'oublier les humiliations.

— C'est arrivé combien de fois ?

— Quatre fois au moins.

— Ça ne tient pas debout, ton histoire, en quoi cela me concerne ?

— Charles, tu sais très bien. Laurence est morte parce qu'elle souffrait des sentiments qu'elle s'inventait. C'est idiot, tu ne crois pas, cette nécessité de tout détruire pour du vent, et se tuer pour si peu ? Non ? L'amour, Charles, le grand amour et toutes ces choses que tu te racontes toi aussi.

— Pardon ?

— Encore une fois, Laurence a voulu quitter Clément, et Clément n'a pas accepté sa décision. La nuit du 20 mai, Laurence lui a annoncé qu'elle partait. Elle partait et c'était tout. Clément est sorti de ses gonds, ivre de colère, il l'a l'interrogée. Elle s'est enfermée et lui a répondu que ça n'avait pas d'importance, qu'elle avait rencontré un homme et que c'était suffisant. Elle a rajouté qu'il n'y avait pas de hasard, qu'on ne rencontrait pas quand on était bien dans sa vie. C'est là que les choses se sont envenimées. Quand, encore une fois, elle a insinué qu'elle n'était pas heureuse avec lui.

» Voyant qu'elle recommençait, Clément a craqué et l'a insultée. Il a sorti une valise et lui a jetée à la figure. Le choc a déséquilibré Laurence, elle est tombée dans les escaliers. Clément l'a crue morte, mais non. Quand il a compris qu'elle n'avait rien, il a menacé de tout lui retirer, les enfants, la maison. Et il a juré d'aller les tuer, elle et son amant imaginaire, pour enfin avoir la paix. Clément a tout renversé sur son passage. Elle est remontée dans sa chambre et s'est allongée sur son lit. Il est parti se calmer sur son quad une bonne heure. À son retour, sa femme était morte. Alcool et overdose de médicaments. Il a retrouvé son téléphone portable à ses pieds.

» Tu sais quel est le dernier numéro qu'elle a composé avant de se tuer, Charles ?

— Non ?

— Le numéro de la maison ! Et tu sais très bien pourquoi, puisque tu es le dernier à lui avoir parlé. Ne fais pas l'innocent. Clément a pris cette information pour une tentative désespérée, un appel au secours pour me joindre.

— Quoi ? Mais qu'est-ce que tu racontes ?

— Charles, je vous ai surpris. Tu comprends, ça ? Je vous ai vus, enlacés au bord de l'étang, dix jours avant qu'elle se suicide. Laurence avait l'air très amoureuse. La position des mains, des bras, la précision des gestes. À la manière qu'elle avait de se coller contre toi, de te couvrir de caresses, j'ai estimé que votre liaison durait depuis plusieurs semaines, peut-être même plus, peut-être même depuis notre emménagement.

Charles est à l'arrêt, un lapin pris dans les phares d'une voiture. La vérité le cogne plein fouet.

— À l'évidence, c'est elle qui a eu le coup de foudre, car Charles Draper le bienheureux est trop faible pour être dépassé par ses sentiments. Encore une fois, elle a choisi le plus fidèle de tous les hommes pour le détourner du droit chemin. Pauvre petit Charles Draper, victime d'une sortie de route aussi triste que banale. Charles Draper le sage, Charles Draper le courageux, Charles Draper l'exemplaire s'est fait gentiment mettre le grappin dessus par la voisine et a été beaucoup trop faible pour dire non et se maîtriser. Il a été beaucoup trop con surtout pour ne pas commettre l'irréparable et a, en plus du reste, prié Laurence d'espérer quelque chose de grand.

» Laurence s'est tuée quand elle a compris, une fois encore, son erreur, qu'elle s'était laissé aveugler par un leurre, un mauvais miroir de son mal-être, projetant sa soif éperdue d'amour fou sur un pleutre, un petit homme faible qui n'a pas vu sa souffrance, qui n'a pas calculé plus loin que son petit intérêt, plus loin que sa pulsion animale, en lui ouvrant ses bras protecteurs en papier mâché. Quand elle a téléphoné à Charles pour lui dire qu'elle venait de quitter Clément et qu'elle le suppliait de venir la chercher, Charles Draper a paniqué. Il a tout de suite rompu au bout du fil. À voix basse, petit garçon, il lui a demandé de se reprendre, il a sifflé la fin de la récré sans oser lui avouer qu'il ne quitterait jamais Mathilde.

Mathilde avait choisi le silence, sans se rendre compte que cette complicité condamnait Laurence. Traumatisée par cette vision, elle s'était murée en regardant crever son rêve, mourir aussi sa jeunesse, son idée d'éternité, le serment, ces années de vie ensemble.

Elle a choisi de se taire parce qu'au fond, elle était trop lâche pour parler de ce qu'elle avait vu. Elle savait que Charles reviendrait.

Elle a eu terriblement mal, mais elle a souffert bouche cousue et aujourd'hui, naturellement, elle s'en veut. Elle aurait dû tout balancer, les démasquer comme dans un mauvais film, tout raconter à Clément et confondre les amants, les soumettre au choix, pieds au mur avant que leur train ne déraille, inéluctable. Elle aurait alors certainement sauvé cette rivale abîmée malgré elle.

Si elle avait parlé, Laurence serait encore en vie.

La vérité est un uppercut, Charles Draper le reçoit plein pot. La vérité, c'est que Charles Draper est un petit criminel. Charles Draper a, quoi qu'il en dise, tué Laurence à coups de mensonges et de non-dits. Il sait parfaitement, au fond de lui, qu'il est un assassin et il ne supporte plus de vivre avec ce poids. Il est là, son embonpoint, là et pas ailleurs. Aucun sport, aucun régime ne peut rien contre cette mort.

En accusant Mathilde de le tromper avec Clément, en insinuant qu'elle ment sur sa vie, en se racontant ses histoires absurdes, Charles cogne en vain sur le punching-ball de ses états d'âme, inverse les rôles, réveille le chaos.

Il y a de meilleures méthodes pour soulager sa conscience. Il y a de meilleures façons d'être au monde que de transformer sa culpabilité en jalousie morbide. Il y a d'autres manières de se consoler.

— Clément est loin de se douter que tu as été le dernier leurre de Laurence, mais puisque tu insistes, Charles, je m'engage à puiser le peu de forces qu'il me reste pour tout lui expliquer. Plus on est de fous, plus on rit. N'est-ce pas ?

La lumière, le calme de l'endroit. Charles repense à Laurence et la revoit au bord de l'étang. Il se remémore ce soir de mars, quand il l'a découverte, errant, hagarde et désespérée. Blottie dans un gilet de coton, elle avait froid. Le visage en direction du ciel, elle retenait ses larmes. Elle était assise dans les herbes hautes. Il a couru dans sa direction. Cette fois, elle ne luttait plus, la tête dans les genoux, elle pleurait. Il l'a aidée à se relever. Elle est tombée dans ses bras. Décontenancé par la situation, Charles Draper a abdiqué. Sans un mot, elle a enfoncé son front au creux de son épaule. Il a ouvert ses mains, elle a abandonné sa peine contre lui. Après de longues minutes, elle s'est dégagée et l'a examiné sans rien dire. Dans la lueur des nénuphars vert bouteille, elle l'a embrassé langoureusement avant de repartir sans une explication.

Trois jours plus tard, Laurence lui faisait passer une enveloppe. Elle le remerciait de l'avoir écoutée. Moins de trois mois avant sa mort, elle lui proposait un nouveau rendez-vous.

Laurence au bord de l'étang. L'appât du chagrin, ses bras ouverts, le baiser long. La lettre, cette porte ouverte. Les fins de matinée dans cet hôtel de campagne, derrière la place d'un marché, trois villages plus loin. Son rire. Le voyage surprise de Laurence à Paris, la nuit dans son studio. Les mails, les SMS, les mots qu'il lui a écrits sans jamais les penser vraiment, pour entretenir une vague impression de vivre pleinement sa quarantaine fatiguée, et surtout lui faire plaisir, entretenir le feu de l'illusion, être vu sous le meilleur angle, un amant parfait et un bon mari. Ne pas décevoir, ne pas dire non, vivre sur un fil et, à la fin, tout détruire pour préserver son image.

Un an après la mort de sa maîtresse, Charles Draper réalise à quel point il n'a pas su protéger ceux qu'il aimait, et à quel point ce piège s'est simplement retourné contre lui. Les promesses et les paroles en l'air, les hymnes de l'interdit, les mensonges, quand ils deviennent mortels, ne pardonnent jamais. Son manque de discernement se retourne contre celle qu'il aime. Il ne peut plus l'entendre, se bouche les oreilles et commence à hurler. C'est plus fort que lui, ce remords qui surgit. Mathilde est un témoin trop violent.

Elle s'effondre. Charles Draper repose le cendrier en pierre. Dans un bruit sourd, sa tête cogne contre le sol.

Il traîne le corps de sa femme jusqu'en haut de l'escalier. Il la couche, inerte, dans son lit.

Il appelle l'école, prévient qu'elle ne viendra pas travailler cet après-midi, prétexte une mauvaise migraine.

Il arrive à 16 heures pour récupérer Fleur. Le soir, il exige des filles le plus grand silence. Interdiction de monter dans la chambre des parents. Depuis ce midi, maman n'est pas dans son assiette. La chaleur lui a déclenché une grosse migraine. Elle l'empêche de descendre les embrasser. Demain, elle ira mieux.

43

Seule l'épaisse masse brune de ses cheveux dépasse des draps. Il s'allonge à côté d'elle sans rentrer dans le lit. Charles Draper n'ose pas tourner la tête. Effrayé, il se colle d'un bond à la fenêtre. Il a du mal à respirer, ouvre en grand, tire une chaise, s'assied en face de la nuit. Les deux mains sur sa bouche, il tend sa jambe sur le rebord. Il ne réalise pas qu'elle est là, étendue, inerte sur le lit. Il pleure, elle va rentrer. La vie va reprendre. Il en est persuadé, Mathilde va l'appeler en bas de l'escalier. Il descendra posément chaque marche jusqu'à ses bras. Il la suivra dans la cuisine, ils mettront la table, s'installeront autour d'un verre de vin et d'une tranche de jambon.

Devant la casserole d'eau bouillante, elle lui demandera s'il veut des pâtes à la sauce tomate. Il la serrera contre lui en racontant sa journée. Il parlera de Paris, du bureau et de ses problèmes de déménageurs, elle évoquera ses élèves, le manque d'attention de sa classe l'après-midi. Elle lui donnera des nouvelles des filles, ils auront la flemme de vider la machine, ils abandonneront la vaisselle au bord de l'évier, ils termineront la bouteille au salon en allumant une cigarette, il lui tendra le cendrier en pierre. Ils commenceront à s'aimer.

— On pourrait partir en voyage, mon amour ?

Mathilde ne répond pas, alors Charles Draper imite sa voix grave et douce.

— Ça serait bien, mon chéri.

— Tu veux toujours Venise ?

— Oui, Venise avec toi, pour l'heure du loup quand les touristes repartent et que les rues se vident. Le dédale, la lagune et la lune ronde et pleine. Ou Florence ?

— Florence ?

— Ou la côte amalfitaine, le soleil cogne toujours sur les routes en lacets. Tu conduiras une décapotable.

— On dormira d'abord à Naples.

— On s'aimera jusqu'à Capri.

— On accompagnera les filles chez ta mère.

— Je préfère la Toscane.

— À cause de quoi ?

— Du vin et des vignes.

Et Charles lui raconte leur histoire. Rencontre, lycée, serveur du Diego, mousse des Monaco sur les bucks, flipper cassé, Gauloises blondes. Il se souvient de l'origine, de leur premier baiser et de ces années loin de lui, du temps des Américains, de l'heure des retrouvailles, du tsunami de 2004, de sa robe de mariée fendue sur ses omoplates bronzées, du bout de sa langue framboise, de ses baisers rouge vif. La naissance des filles. L'arrivée à la clinique, le prénom de Margaux, le langage de Fleur, les pas hésitants des petites en équilibre sur la table basse du 130 rue de Vaugirard. Le temps du bonheur est une note de Chopin, pour elle, il enclenche la *Nocturne n° 1* et, dans le noir de la nuit, boit encore un petit bout de lune.

Charles Draper s'est assoupi. Vers 4 heures du matin, il se réveille en sursaut.

— Comment me débarrasser de ton corps ?

44

13 mai 2015

Charles Draper prépare le petit déjeuner. Margaux, l'aînée, a déjà filé. Fleur arrive pieds nus. Sans un mot, index sur la bouche, il lui sonne un clin d'œil complice.

Elle s'assied en silence sur le tabouret blanc. Il s'approche lentement, lui glisse la main dans les cheveux, un baiser dans le cou. Il aime son fin duvet blond, il dégringole de sa nuque, s'évanouit dans la vallée de son dos. Elle flotte dans sa chemise de nuit blanche, ses petits pieds cherchent le froid sur le carrelage.

Il retire l'élastique rouge que sa fille porte à son poignet et, d'un geste sûr, fixe sa tignasse en chignon. Fleur semble encore endormie. Il lui découpe une poire en fines lamelles, rince le couteau sous un jet puissant, taille une moitié de banane, épluche une orange, cherche dans le placard de la cuisine le paquet de muesli. Pas un mot. Il verse le mélange de céréales, plante les fruits tout autour du bol. Il y a son nom peint dessus, calligraphié à main levée, les petits paysans dans leurs vêtements bouffants vous regardent au fond.

Elle touille avec sa cuillère. Elle n'est pas du genre appliquée, mais plutôt distraite, le lait déborde avant de se répandre en nuage sur le bois de la table ronde. Le cumulus blanc pisse très vite deux traits d'avion, des larmes montent. Son père la console en lui grattouillant le haut du crâne. Elle gigote sur son tabouret. Il se penche vers le placard du bas, ne trouve pas le Sopalin, rien n'est franchement à sa place dans cette cuisine ce matin. Il attrape l'éponge posée de travers sur le rebord de l'évier et tombe nez à nez avec le rouleau de papier. Il en tire quelques feuilles. Le nuage de lait disparaît, la bêtise aussi. Elle lui rend grâce d'un sourire édenté, elle a les lèvres pulpeuses de sa mère. Elle veut sa maman.

— Maman se repose encore, reprend-il doucement. Elle se repose car elle est très fatiguée. Avec cette chaleur, elle n'a pas fermé l'œil de la nuit.

Fleur a envie d'aller aux toilettes. Il l'accompagne sur la pointe des pieds. Dans le couloir, elle serre la main de son père. Elle a toujours peur quand elle passe à côté du grand escalier, celui de la chambre des parents, depuis qu'une nuit des bruits l'ont frôlée. Elle a toujours peur à cet endroit et, toujours, il la rassure. Il fouille dans son placard sans ouvrir les volets pour garder la fraîcheur, dépose sur son lit sa jupe à volants préférée, son T-shirt corail orné d'un magnifique oiseau-lyre. Il lui sort un gilet au cas où, l'oublie, cherche ses clés de voiture, ferme enfin la porte lentement derrière lui.

Il débarrasse sa fille de son cartable, la glisse à l'arrière et démarre. Il roule doucement sur le chemin de terre à cause des ornières creusées par les roues des tracteurs, la poussière se soulève sur leur passage, la climatisation rafraîchit vite l'habitacle, son alliance scintille sur le pare-brise, il baisse le pare-soleil pour ne pas être ébloui. Les grands arbres défilent le long de l'allée des marronniers, il rejoint la départementale vers le village. En chemin, Fleur lui propose une devinette. Encore une blague Carambar, il n'écoute pas vraiment son enfant se régaler de son histoire, il est ailleurs. Elle interrompt la charade, s'avance sur son siège. Elle joue à ouvrir et fermer la fenêtre, tend sa main pour sentir le vent. Penchée vers le siège conducteur, elle s'interrompt brusquement devant le silence de son père.

— Papa ?

— Hum ?

— Pourquoi il y a du sang derrière ton oreille ?

— Ce n'est rien, chérie, papa s'est cogné ce matin contre l'étagère de la salle de bains.

Il n'allait pas expliquer à Fleur qu'il a fracassé sa mère avec le gros cendrier en pierre du salon.

45

La route serpente dans la plaine déserte. La Volvo défouraille sur l'asphalte. Fenêtres ouvertes, Charles Draper est en excès de vitesse.

Il est satisfait de son excuse. Il n'allait pas lui parler de la vie compliquée des grands, disant ce qu'ils ne font pas et faisant ce dont ils ne parlent jamais parce que la vie est une sacrée charogne et se joue de nos principes. Il n'allait pas s'épancher sur le pourquoi du comment. Argumenter pour sa défense sans rien assumer, encore charger les mortes pour alléger sa conscience.

Jamais Fleur ne se doutera que le corps de sa mère aurait dû être en boule dans le coffre de la voiture. Elle ne calcule pas les options qu'il reste à son papa pour continuer encore un peu sa route, alors que le bout du bitume se perçoit à l'œil nu. Sagement assise derrière son pupitre, elle ignore que Charles Draper compte s'en débarrasser et puise dans sa tête le bon discours de la méthode.

Il a imaginé l'enterrer dans la nuit près de l'étang, puis il a renoncé à l'idée et a conclu que l'étang était un peu trop téléphoné. Avec cette chaleur d'été avant l'été, le niveau de l'eau allait à coup sûr considérablement baisser dans les prochaines heures. Il en est là, à débroussailler son problème comme on cherche à payer moins d'impôts. Charles Draper n'a absolument plus la moindre idée de la réalité. Le corps de sa femme n'a aucun rapport avec Mathilde. Sa Mathilde va naturellement se réveiller, et tout redeviendra comme avant.

Les champs ordonnés défilent sur les côtés, des carrés de terre ocre se détachent, les systèmes d'arrosage bombardent à plein tarif des litres de flotte sur le sol desséché, le rouge d'un tracteur flambe dans le rétroviseur, des troupeaux de bêtes grignotent l'ombre sur l'herbe rasée, des nappes de chaleur fument de la route.

Il allume une cigarette. Le cendrier fend la peau de porcelaine, l'arête du nez saigne, le corps de Mathilde s'écrase sur le carrelage, sa nuque cogne en un bruit sourd. La nuit sous les draps, la chevelure noire, les fenêtres ouvertes sur le rideau d'étoiles, la lune en diamant, l'obscurité des bois. Le silence profond de la forêt jamais vraiment assoupie, le chuchotement des ombres, l'odeur du printemps consumé, l'affolement.

Il stoppe à l'épicerie du village d'à côté. Ici, personne ne connaît Charles Draper. Il gare sa voiture sur un bout de trottoir et rentre calmement, il a faim. Il choisit une pâtisserie, un chou crémeux emballé dans une boîte en plastique transparente. Il a soif, attrape une bouteille de whisky bon marché. Avant de passer à la caisse, il récupère une bouteille de Destop dans le rayon entretien. Il règle en liquide son déjeuner et remet le contact. Il entend manger la route encore. Rouler jusqu'à éteindre le feu qui lui brûle l'estomac, jusqu'à vaincre la peur pour anéantir le vide immense autour de lui. Il accélère à travers la campagne, mord au plus près le bord de la route, devine les fossés d'herbe jaune rongés de fleurs sauvages, caresse sa carrosserie contre les branchages de quelques arbustes échevelés. À toute allure, les couleurs autour se mélangent dans une palette abrasive et violente. La lumière rogne tout, cisèle le paysage dans un nouvel encadrement, les arbres penchent furieusement, les bois se figent dans le vacarme de son habitacle. Charles Draper est arrivé au bout de son chou à la crème, il a mis des miettes partout. Repu, il cherche à présent un endroit pour en finir, avaler la bouteille de Destop. En attendant, il boit ce mauvais whisky.

Il sera mort quand le corps de Mathilde sera découvert, recouvert d'un drap, orbites renversées. Son cadavre sera entouré d'uniformes, les voix basses des techniciens d'investigation criminelle s'agiteront autour de son lit, le flash d'un appareil numérique prendra la scène de crime sous toutes ses coutures. Les enfants seront pris en charge, peut-être dans un premier temps par ce salaud de Clément, il préviendra parents et beaux-parents du drame. Charlotte Draper débarquera en trombe du premier train, leur père en mourra, leur mère apprendra à se taire et récupérera Margaux et Fleur dans son pavillon. Tout le monde, sous le choc, répondra aux questions des enquêteurs déjà sur les traces de Charles Draper.

Avait-il changé ces derniers temps ?

Avez-vous déjà connu Charles Draper violent ?

Savez-vous si Charles Draper avait d'autres femmes dans sa vie ?

Savez-vous si Mathilde Draper avait d'autres hommes dans sa vie ?

Charles Draper avait-il des problèmes d'alcool, ou prenait-il un traitement médical ?

Avez-vous autre chose à ajouter ?

Son signalement sera communiqué aux gendarmeries alentour, le village sera vite rongé par l'épidémie de l'information. Des barrages seront dressés sur les routes de campagne, un promeneur ou des joggeurs découvriront sa voiture abandonnée dans une allée et, à quelques mètres, Charles Draper dans le ventre d'un fossé.

Une image le crucifie.

Fleur ou Margaux ? Laquelle des deux montera la première les marches de pierre en direction de la chambre des parents ?

Cette vision le broie.

Il exécute un demi-tour violent pour rentrer chez lui pleins gaz. Il appellera lui-même la police et attendra aux pieds de Mathilde l'arrivée des secours. Il aura le temps d'écrire aux enfants, quelques mots, pour tenter une explication. Et puis non, il jettera sa bafouille, se contentera de leur demander pardon, de toutes ses forces, d'avoir assassiné leur mère. Il ne choisira pas un ténor du barreau, se contentera d'un avocat commis d'office. Ensuite, il attendra le verdict de la cour d'assises.

La sonnerie de son téléphone l'interrompt. La photo de Charlotte s'affiche. Il décroche.

— C'est moi. Ça va, l'handicapé ? T'es où ?

— Au bout de mon portable.

— J'ai bien réfléchi, petit bonhomme. Je peux me libérer le week-end prochain. Tu veux que je vienne te faire un baiser sur le genou ?

— Euh, le week-end prochain, je ne sais pas si on sera là.

— Ah ? Mais vous comptez bouger où ? Je croyais que tu n'avais pas le droit de moufter avec ta patte folle.

— Écoute, le mieux, c'est qu'on se rappelle, je vois ça avec Mathilde et je te dis, OK ma sœur ?

— Bon, bon, d'accord. Ton fleuriste est toujours veuf ?

— Aux dernières nouvelles, plus trop.

— Comment ça ? Il a retrouvé l'amour ?

— On dirait.

— Ah, ah, ben moi j'ai renvoyé mon comédien. C'est dommage. Qui est l'heureuse élue ?

— Une voisine.

— Tu la connais ?

— Vaguement.

— OK, bon, ben, on se rappelle, t'as l'air occupé.

— Oui.

— Ah, j'oubliais. Mathilde a essayé de m'appeler plusieurs fois, mais elle n'a pas laissé de message. Tout va bien ?

— Quand ?
— Là, dans la matinée.
— C'est impossible.
— Pourquoi ?
— Je l'ai tuée.

46

La radio se remet à cracher. Décoiffée par la vitesse, la voix barbouillée de la chanteuse Rihanna se taille par la fenêtre pour faner sur la chaussée. Charles Draper beugle de plus en plus fort, il ignore les paroles, murmure un yoghourt de chanteur de bal, s'étouffe. Il mime des gestes de danse avec ses bras, lâche le volant, l'agrippe brusquement au tout dernier moment, mordille les lèvres du fossé, écrase une rivière de fleurs désordonnées. La voiture titube, renoue avec les gravillons puis le goudron chaud. Bon public, il accélère, gonflé par le rythme de cet hymne au carré. Sous l'effet de l'alcool, la campagne est injectée d'un venin rouge feu. Le conducteur est écarlate, il mordille sa bouche pourpre, ouvre la plaie, saigne à nouveau, tire un mouchoir de la boîte à gants, s'essuie. Il tremble sur la pédale d'accélérateur en slalomant sur la ligne blanche. Le mors aux dents, Charles Draper oublie un peu la nuit.

Il arrive chez lui. Il sort de la Volvo. Clé sur le contact, le moteur tourne encore.

Il traîne sa jambe dans la cour et trébuche. Il appelle Mathilde, sa Mathilde, hurle à pleins poumons son prénom. D'abord un grand silence.

Plus rien ne bouge.

Enfin, elle apparaît à la fenêtre de leur chambre. Enroulée dans une couverture de survie. L'aluminium scintille. Il n'entend pas les sirènes à toute allure dans l'allée des marronniers. Pas plus qu'il ne sent le poids des menottes lui étrangler les poignets jusqu'au sang, et les hommes armés autour, penchés sur leur proie. Face contre terre, Charles Draper est en état d'arrestation.

Dans un dernier sursaut, aveuglé par le soleil, il pointe le menton dans sa direction. Mathilde le fixe, glaciale, puis un sourire s'ouvre, immense.

Il ne reconnaît pas le quad devant l'entrée. Il n'en est plus là.

Un homme apparaît dans le dos de Mathilde en chair et en os et, les deux mains posées sur son ventre, la serre dans ses bras, puis l'embrasse.

Ciel bleu vantard. Mercure déchaîné. La lumière écrase les yeux. Fournaise de mai.

Du même auteur :

UN COUP À PRENDRE, Au Diable Vauvert, 2011.
CE PARFAIT CIEL BLEU, Au Diable Vauvert, 2012.
QUE TON RÈGNE VIENNE, Lattès, 2014.
LES HAUTES LUMIÈRES, Lattès, 2017.

PAPIER À BASE DE FIBRES CERTIFIÉES

Le Livre de Poche s'engage pour l'environnement en réduisant l'empreinte carbone de ses livres. Celle de cet exemplaire est de :
250 g éq. CO_2
Rendez-vous sur
www.livredepoche-durable.fr

Composition réalisée par PCA

Imprimé en France par CPI
en août 2018
N° d'impression : 3030279
Dépôt légal 1re publication : septembre 2018
LIBRAIRIE GÉNÉRALE FRANÇAISE
21, rue du Montparnasse - 75298 Paris Cedex 06

58/0982/9